後宮の男装妃、神剣を賜る

佐々木禎子

双葉文庫

後宮の男装妃、神剣を賜る

前章

砂混じりの風が吹いている。

吹く風に従うように、夏の日差しに向き合って咲き誇る向日葵(ひまわり)の花がざわざわと揺れている。

華封(かふう)の国——南都(なんと)。

ここは、皇帝である高義宗(こうぎそう)の後宮である。

晴天の空。蓮の花が浮かぶ涼しげな池。池のまわりにはいくつもの道が巡らされ、散策が楽しい。

小さな石が隙間なく並べられ、道より一段高く庭が区切られている。

庭に植えられているのは四季折々の花で、いまは夏なので太陽を写し取ったかのような向日葵が見事に咲いている。群生する向日葵の先にある花園では、さまざまな色合いの百合が楚々(そそ)とした麗(うるわ)しい姿を誇っている。

この世の楽園のごとき御花園(ぎょかえん)の真ん中、白い石畳の道を走り抜けるのは——男装の妃である。

「待ってよ」

と声をあげ、すごい勢いで走っているが、彼女の呼吸に乱れはない。

長い黒髪を頭の上にひとつに束ね、片手に棍(こん)を持っている。襟に立葵(たちあおい)の刺繍(ししゅう)を施した淡い桃色の短い袍(ほう)と薄い緑の下衣(したごろも)姿だ。

腰から下げた剣は、ありがたくも皇帝に褒美として賜(たまわ)った両刃の直剣で、龍の精巧な浮き彫りを施された鞘(さや)が日を浴びて鈍く光っている。

よく見れば、愛らしい顔立ちなのだが、姿勢と動作の切れがよすぎて、美人だとかかわいいとかではなく、凛々(りり)しいという言葉が一番しっくりくる。

彼女はこの春に水月宮(すいげつきゅう)を皇帝に賜った後宮の昭儀(しょうぎ)——今年、十八歳になったばかりの張翠蘭(ちょうすいらん)であった。

そして彼女が追いかけているのは——一羽の雌鳥(めんどり)だ。

翠蘭の足が、揺れ動く向日葵の手前でぴたりと止まる。

「ずるいわよ。御花園の花園に入っていったら、私、あなたのこと追えないじゃないの。私が向日葵を折ったら大問題になるんだから。もうっ。ちゃんと毎日あなたたちに美味(おい)しい麦や米や虫まで見繕(みつくろ)ってあげているのになんの不満があるっていうのよっ」

翠蘭の嘆きを雌鳥は無視している。

ざわざわと音をさせて向日葵を揺らしながら鶏が遠ざかる。

群生する向日葵はどこまでも続いているように見えるけれど、終わりがある。向日葵の向こう側にあるのは百合。そこから先には道がある。

列になって植えられた向日葵を倒しながら進むのは無理だとしても、円の形になったその庭に沿って作られた道を走っていけば、突っ切って進む鶏に追いつくことができるかもしれない。

「後宮だからって甘く見てるとひどいことになるわよ。とにかくここはだだっ広くて、どこになにがあるかわからないし、とんでもない生き物だっているんだから」

――たとえば象とか。

口には出さず、胸の内だけでつぶやく。

鶏に語りかけながら、翠蘭の視線は次々に傾く向日葵の行方を辿(たど)っている。

つま先立って、目をすがめる翠蘭に、小走りで駆(か)け寄ってきたのは面差しにまだ幼さを残した宦官(かんがん)だった。

「翠蘭娘娘(ニャンニャン)……」

宦官は、細い声でそう言った。

彼は翠蘭の水月宮で働く宦官――李雪英(りせつえい)である。

雪英はぜいぜいと息を切らし、膝に手をついてうつむいた。額から汗が滴っている。

「雪英、どうしたの」

翠蘭が驚いてそう聞いた。

「どうって……娘娘が……急に走っていってしまわれたから……誰も連れずにおひとりで……そんなことを後で明明さんに知られたら……」

顔を上げ、途切れ途切れに訴えてくる。

明明とは翠蘭に仕えてくれている翠蘭より三歳年上の宮女である。宮女とはいえ、後宮に来るずっと前から共に過ごしてきたため、翠蘭にとって明明は姉のような存在だった。

「そう。ごめんなさい。私、あなたに、ついてこなくてもいいって、そのひと言を伝えそびれていたわね」

翠蘭はまだ、ときどき、己が昭儀であることを忘れてしまう。

妃嬪であることには責任が伴うのだ。仕えてくれる者に意味のあることを命じなくてはならない。そして、仕えてくれている者を守らなくてはならない。

「とにかく喜喜が水月宮の庭から出ていってしまったから、連れ戻さなくちゃってそればかり思って。昨日、鋭鋭を逃がしたばかりだし……喜喜はなんとしても連れ帰りたいの」

喜喜は、いま逃げている雌鳥の名前である。

最近になって水月宮では三羽の雌鳥を飼いだしたのだ。せっせと世話をし、餌を与え、卵を産んでもらっていた。

しかし、昨日、鋭鋭という雌鳥が逃げだした。鋭鋭はそのまま行方知れずだ。

そして、今日、庭の囲いの戸を閉めるのを忘れたら、喜喜も逃げだしてしまったのだ。

「私が駆けてきたのを明明に知られたらあなたが怒られるかもって心配したの？　それとも喜喜を逃がしたことで叱られるって思った？　どっちも大丈夫。明明はそんな理不尽なことで誰かを怒ったりしないから。私が赤子のときからのつきあいなのよ。どんなことでも、すべての元凶は私だってわかってくれる。それに明明は自分以外の誰かが私を止められるなんて思ってもいないはず」

きっぱりと言いきると雪英が目を丸くする。

「明明があなたを叱るのは、あなたが明明に心配をかけるようなことをしでかしたときだけよ」

翠蘭は懐から手巾を取りだし雪英の汗を拭く。

雪英はまだ十二歳になったばかりだと聞いている。翠蘭より背が低い。手足も細く、頼りないので、翠蘭はついつい雪英には弟に対する姉のようなふるまいをしてしまう。

雪英が慌てたように後ろに身体を引き「娘娘の手を汚してしまいます」と恐縮し、身体を縮こまらせた。

「こんなに汗をかいて私を追いかけてきてくれたのね。ありがとう。雪英に無茶をさせたって、私が明明に叱られてしまう」

少し駆けただけで息を切らしているなんてと思う。体力は、あるはずだ。けれど、宦官は、性を拭った浄身ゆえに、歩幅が小さい。前屈みで小刻みに足を進めるしかない。あまり急いで走れない。

翠蘭が雪英くらいの年のときは、山のなかを無限に走りまわっていた。翠蘭はいつまでたっても子どもじみた気持ちのままで過ごしていたものだから、その年になってもまだ、なんの目的もなくただ走ることそのものが楽しくて、走り続けていた。

どこまでもいけると信じていたし、世界は広く、自分は小さいながらに自由だった。

それに比べて雪英は、と思う。

ちくりと胸を刺したのは悲哀だろうか。

けれど翠蘭は己の内側をつかの間よぎっていった感情を、心のなかでそっと握りつぶす。

雪英は哀れまれるような生き方をしていない。彼なりの精一杯をいま生きているのがわかっているのに、同情なんてしたくない。

「大丈夫。ほら、見て。雪英」

翠蘭は雪英の後ろに立つとその腰に両手をまわし、ぐいっと持ち上げた。

下半身を安定させて、雪英を掲げる。

本当は肩車をしたかったけれど、さすがにそれは無理だった。いくら雪英が細いといったって翠蘭が抱え上げられる重さと身長には限度がある。

驚いたのは雪英だ。

「娘娘っ。なにをなさるのです」

悲鳴混じりの声をあげ、翠蘭に持ち上げられたままぴたりと固まっている。抵抗したり、手足をばたつかせたりすることで、翠蘭に怪我をさせてしまうことを怖れたのだろう。

翠蘭は笑いながら、

「高いところから見ると、向日葵の傾く方向がここからでも見えるでしょう。あっちのほうに先に辿りついたら喜喜の先回りができるかもしれない」

と言ってから、そうっと雪英を地面に下ろす。

高いところといったって、互いの身長にそこまで差があるわけではなかったのだけれど——それでも少しだけ、雪英を子ども扱いしたくなったのだ。

くるっと前にまわって顔を見る。雪英は口も目もぽかんと開けて、顔を真っ赤にしている。

「怒った?」

「怒るなんてとんでもありません……」

「ねぇ、喜喜を捕まえなくちゃ。挟み撃ちをしましょう。私は左から走っていくから雪英は反対側から走って。でも具合が悪くなるまで走り込んでは駄目よ。そうしたら私が明明に叱られてしまう」

見たところ喜喜は向日葵の列を斜め右に向かって突っ切っている。丸く囲まれた向日葵の花園の左側を走るほうが距離は遠い。本当ならばふたりして右側を走ったほうがいいのかもしれない。

でも──。

「どうして」

と雪英が言ったときには翠蘭はもう走りだしている。

「走りたいから！　私が走りたいからよ！」

「娘娘……」

一瞬振り返ると、雪英がくすぐったそうな顔つきで笑いだした。

生真面目に大人ぶっていた雪英の表情の奥にずっと隠されていた子どもらしさを認め、翠蘭は「してやったり」と思う。

笑って欲しかったのだ。畏れ多いとか、かしこまるのではなく、翠蘭は雪英に屈託なくただ楽しいという顔で笑って欲しかったのだ。

「雪英は、あっちに向かって！」

「はいっ」

翠蘭の言葉に、雪英は慌てたように反対側に向かって駆けていく。

しかし──ふたりが回り込むより早く、喜喜はあっというまに花園を抜け、さらに先の茂みへと逃げてしまった。

まったく、と、翠蘭と雪英は辿りついた場所で顔を見合わせた。

そして鶏が走っていった茂みを見つめる。

がさごそと音をさせて鶏はまた違う方向に突き進んでいる。

ふたりして困り果てている。が、ふたりで鶏を追いかけまわすのは楽しい。目を合わせたそれぞれの口元に小さな笑いがのぼる。

「あ、あそこの茂みが揺れてます。喜喜はあそこにいるんじゃないかな」

雪英が言った。

視線を向けたのと同時に、翠蘭のうなじがざわりと粟立った。

雪英が差し示した茂みから、殺気がしたのだ。

茂みの奥に暗がりがある。なにかがこちらを見ている。

低い位置にあるのは躑躅の木。高い場所では花の散った木蓮が風に枝をすりあわせ硬い音をさせている。

雪英はそのまま揺れる茂みに向かって歩いていこうとした。

「待って」

翠蘭は雪英をかばう位置にすり足で移動する。

「あれは喜喜じゃない」

鶏は通常、あんな物騒な気配を振りまかない。

翠蘭が踏み込んだ刹那――。

全身のうぶ毛が起き上がり冷気が走り抜けた。

太陽と翠蘭たちのあいだに黒い影が躍りでる。薄汚れた甲冑を身にまとった男が大剣を持ち、翠蘭へと斬りつける。黒ずんだ兜が男の顔のほとんどを覆い隠しているが、顎と口元に立派な髭をたくわえているのは見てとれた。

雪英を片手でかばい、後ろに飛ぶ。

翠蘭のすぐ横で、男の振るう剣がぶんっと風を鳴らした。

空振り。

男は剣を振りかざし次の一手のために足を進める。

――これは棍では無理だ。

日差しが男の輪郭をぼんやりと縁取っていた。翠蘭は棍を投げ捨て、帯に下げた剣を鞘から抜く。上から振り下ろされた剣を受け、身体を後ろへとのけぞらせる。このまま真っ当に受けては刃が欠ける。この体格差では力負けは必至。受け流してかわした後に、相手の懐に刃をすり込んで胴に剣を突き刺して――。

考えるまでもない。戦い方は身体が覚えている。息をするくらいの自然さでわかりきったことをただ、やり遂げるのみ。

なのだけれど――。

翠蘭が掲げた剣に手応えはない。

触れあった刃のあいだで散るはずの火花も、腕をもぎ取られるような圧もなく――男の姿がそこでふいにかき消えた。

現れたときと同じように唐突に、背後の景色に溶け込むかのようにふわりと姿そのものが霧散して――。

ただ、翠蘭の払った剣が木蓮の枝を何本か叩き切った。

枝が落ち、葉がはらりと足もとに散る。

翠蘭の捨てた棍が躑躅の枝を折る。

「いまのは……なに⁉」

問いかけた言葉は虚空に消える。

答える者は誰もいなかった。

1

切断した木蓮の枝を背中にくくりつけ、片手に喜喜を抱え、もう片方の手を雪英とつないで水月宮に戻った翠蘭を待ち構えていたのは——明明である。

後宮の宮女らしく髻に結い上げて銀細工の櫛でまとめている。すっと通った鼻筋に切れ長の双眸。黙っていればどことなく風情がある寂しげな美女なのだが、明明は、黙っていることがほとんどない。

どうしようもないのだ。黙っていると翠蘭がとんでもないことを次々しでかすので、四六時中叱りつけているのであった。

「雪英……転んだの？　大丈夫」

後宮で、昭儀と宦官が手をつないで帰ってくるのもたいがいだが、帰りついた先でまず最初に声をかけられ心配されるのが宦官なのも相当である。

が、これが水月宮の日常なのだった。

「やだ。手のひらに擦り傷つけてるじゃないの。足も血が出てる。雪英、あなたは翠蘭娘娘にいったいなにをさせられたの？」

屈み込んで雪英の身体のあちこちをせわしなく見てまわる明明に、

「申し訳ございません。驚いて尻餅をついてしまいました。そのときに手のひらを地面につけたのです。でもたいした怪我ではありません。それより翠蘭娘娘のほうが」

雪英がおずおずとそう返した。

「私は大丈夫」

と翠蘭は後の言葉を引き受けて、あっさりとまとめる。

すると、雪英の声が高くなった。

「大丈夫なはずがございません!! 剣を持ってなにかを斬っていらっしゃいました。奴才には黒くて得体の知れない怖ろしい塊にしか見えませんでしたが、翠蘭娘娘はそれを……それを祓ってくださったのです」

雪英がなにを見たかは翠蘭にはわからない。帰る途中で雪英に教えてもらった範囲では、翠蘭が見たものと同じ甲冑姿の男を雪英が見たわけではないことだけは、わかったのだけれど。

ただ、いつもの雪英ならば「手をつないで帰る」ことに抵抗したはずだ。畏れ多いとか、立場としてそんなことはできないと拒否しただろう。

それが素直に手を引かれて来た。雪英の脅えがどれほどのものかは、つないだ手からも伝わってくる。

翠蘭が握りしめている雪英の手は、まだ小刻みに震えている。

「そう。だったら」

と明明が腰を屈めたまま、雪英と視線を合わせる。

「だったら、無事に帰ってきてくれてありがとう。ふたりとも、おかえりなさい。怪我がこの程度でよかった」

そう言って明明は雪英と翠蘭ふたりに両手をまわして抱きしめた。ぎゅうっと身体がくっついて、雪英と明明と翠蘭の三人でひとつの塊ができあがる。

雪英の身体から力が抜けていく。

問いつめられもせず、怒られもせず、抱きしめられて、優しい言葉をかけられて、緊張と恐怖がほどけたのだろう。言葉だけではこうはならない。触れるだけでもこうはならない。かけるべき言葉と触れ方がある。

――明明は、そういうことができる人。

だから好き。ずっと好き。

が――。

じわっとこみ上げてくるあたたかい気持ちを、翠蘭の片手に収まっていた喜喜が元気よく邪魔した。

コッコッコッと鳴き声を上げばたばたと羽根を広げる。さっきまで黙って抱えられていたのにどうしてここで暴れるのか。

「ちょっと待って。羽ばたき禁止。全部あなたが逃げたせいなんだから」

鶏を叱りつけると、明明が「喜喜のせいというより絶対に娘娘のせいでは」と小声で言った。

翠蘭は聞こえないふりをして、慌てて鶏を抱え直す。

「喜喜を囲いに入れてこなくちゃ。大変大変。ああ忙しい」

翠蘭はそそくさと仲良し団子の輪から離れ、両手で雌鳥を押さえた。

そうしたら明明が「まったく、もう」とつぶやいてから、歩きだした翠蘭の背中に呼びかけた。

「じゃあ娘娘、怖くて面倒くさい話はもうやめましょう。マーラーカオもちょうど蒸し上がったところですよ」

明明の言葉に翠蘭は鶏を抱えたまま腰を捻って振り返り、子どもみたいにはしゃいだ声を上げた。

「マーラーカオ‼　やった。食べたかったのよ‼」

「娘娘はいつまでたっても子どもなんですから」

明明が腰に手をあて、やれやれというように首を横に振る。

それから、雪英を伴って餐房に歩いていく。

ふと、翠蘭の胸の内側を柔らかく握りしめられたような痛みが走り抜けた。

――明明はどうして。

翠蘭が望んだことをそうやって、なんでもやってのけてくれるのだろう。甘やかすにもほどがある。そんなだから翠蘭はすぐに図に乗ってしまうのだ。


翠蘭たちの暮らす華封は、水の国だ。

広い国土に悠々と流れる大河とその支流、そして港が、華封という国を発展させた。綺麗な水があるというのは素晴らしいことだ。川はときには暴れ氾濫もするが、溢れでた水が引いたその後、大地は肥沃なものへと変わる。

山もあり、海があり、平野がある。川がすべてをつなぎ、運河を使って人びとは物資を運んだ。

つまり、華封にはありとあらゆるものが、あった。

豊かさは華封の民にとって当然のことだった。

その結果――華封の豊かさを欲した列強諸国に常に付け狙われ、戦いに巻き込まれてきた。

それが華封の歴史である。

華封の東は港で行き止まり、船が異国へと行き来する。西に進むと広大な砂漠の国の理王朝と神国に辿りつく。北にいくと冷たく凍えた大地と山が行く手を阻む。南に向かえば川が細くなり、運河ではなく陸路で都市を結びつけ発展してきた計丹国と夏往国が隣合わせで華封を追いつめている。

どれほど豊かであろうとも、頻繁に戦いを挑まれ応戦しているうちに国力は疲弊し、削がれていく。

くり返される戦いにおいてとうとう華封を破ったのは——夏往国。

およそ百五十年前のことである。

しかし、どういうわけか勝利した夏往国は華封に自国の旗を掲げようとしなかった。他国との外交の都合もあったのだろう。

そして華封は、夏往国の属国となった。

以来、華封の皇帝のもとには常に夏往国の娘がめあわされることになった。

皇后は夏往国から嫁ぎ、皇帝のかわりに経済と政の仕組みを変えていった。

後宮に夏往国の娘以外の女を妃嬪として迎えるようになったのは先代皇帝の御代からである。ただし産まれた御子は全員が夏往国に人質として差しだされ、夏往国で教育を受ける。その後に「この者を華封の皇帝とする」と夏往国が定めた者だけが華封国、南都に戻された。

いまの皇帝――高義宗も、夏往国で人質として育って後、戻された皇帝だ。

人びとは彼の頭に冠が載っていることは、知っている。

が、実権が今上帝のもとにないことも、知っている。

後宮に集められた妃嬪たちが夏往国にとらわれた人質であることも、察している。

妃嬪になったところでいいことなんてひとつもない。もし御子を授かったとしても、その子は夏往国に連れていかれ自国についてなにひとつ教わらず、生きていくことになる。

今上帝の内親王は三人。全員がいま夏往国で暮らしている。

さらに、つい最近、懐妊(かいにん)した徳妃は身ごもったことを理由に夏往国に連れていかれて、そのまま音信不通である。御子が男でも女でも徳妃はもう二度と華封の土を踏むことはないだろうと言われている。

――まあ、徳妃は懐妊を隠そうとした処罰と身内が反乱軍の一味だったって事情もあるのだろうけど。

どちらにしろ――つまりいまの皇帝も妃嬪も、皆、後宮にとらわれた、国の運営のための人質なのだ。

後宮にいる皇后以外の全員は、華封の国の人びとが平穏無事に生きていくための生贄(いけにえ)なのである。

翠蘭はそれを理解したうえで後宮に嫁いだ。

そして明明は、別に来なくてもいいのに翠蘭ひとりを後宮に閉じ込めるのを厭い、ついてきてくれたのだ。

——だから、私には明明を笑わせる義務があるのよ。

しかし、そんなことを口に出したら、明明は「娘娘に義務を負わせるようなことを私が望んでいるとでも?」と目をつり上げて怒るだろう。

明明に告げることはない。誰にも言わない。

ただ翠蘭が勝手にそう心に決めている。それだけだ。

後宮の宮は広さによって部屋数の差はあっても作りはだいたい似たようなものだ。

水月宮も朱塗りの門と塀を構え、屋根には瓦を載せている。鮮やかな朱色の柱と壁に金の鋲が打たれ、艶やかな建物である。

ただし庭は主である妃嬪の采配でいかようにでも作っていいとのことなので、翠蘭の趣味にのっとって武芸の鍛錬ができる広い平地と食べられる草木を植える畑、そして一部に囲いを作って雌鳥を飼っている。

木材だけ取り寄せて自分で組み立てた囲いだから、なんの飾りもなく木がただ剝きだしで——豪華な建物のなかここだけ殺風景だが、そこも含めて、居心地がいい。

——これも作るまで、えんえん、明明に叱られ、雪英に嘆かれたけど。

どうして昭儀自らが鋸を使い、釘を金槌で打ちつけて囲いを作るのかと困惑された。他の宦官を呼び寄せて作ってもらったほうがいいと何度も言われ、最後には「奴才がふがいないばかりに娘娘のお手をわずらわせ……」と雪英に泣かれた。

ふがいないわけじゃないし、これはすべて、やりたくてやったのだ。

一日ずっとお茶を飲んで菓子を食べて刺繍をしたりお洒落や化粧にうつつを抜かすのは翠蘭には向いていない。

翠蘭の趣味は武器と防具の収集だし、後宮の妃嬪らしく自分を飾りたてるより剣や棍や槍を振りまわすほうが好きなのだ。紅筆と白粉の刷毛の良さはとんとわからないのに、鋸や金槌の使い勝手については一家言ある。

なにせ翠蘭は、後宮に召し上げられるまでは山奥の武芸の達人である于仙という老人と、明明と、三人だけで暮らしていた身の上である。自給自足が常だった。山で兎や猪や鳥を狩り、茸や木の実を採取して調理した。

後宮に呼ばれて皇帝の妃嬪のひとりとして美しく装い、皇帝に仕えろと言われても、きらきらした妃嬪らしい暮らし方が、まったくもってわからない。

翠蘭は、囲いのなかに喜喜を解き放ち、今度こそきちんと戸を閉めて、鍵をかけた。

「喜喜、あなたにはこのなかは狭いかもしれないけど、でも友だちがちゃんといるじゃない。ここで静かに楽しく暮らして欲しいのよ」

囲いの柵の縁に肘をつき、しみじみと眺めて、ぼやく。

庭の雌鳥がコッコッコッと鳴きながら首を突きだして歩いている。

——昨日までは鋭鋭がいたから三羽だったけど。

水月宮には三人の人間がいて、ひとりに卵をひとつずつという計算で雌鳥が三羽。

「鋭鋭はどこにいっちゃったのよ。あなた、もしかして鋭鋭を探しにいったの？　だったら悪いことしちゃったわね」

もう一羽の名前は小小（シャオシャオ）という。単に水月宮に来たときに、他の二羽よりは、小さかったからである。喜喜もそうだが、こじゃれた名づけをした結果、後宮で働く誰かの名前とかぶってしまっては大変なので、人間たちの呼び名にあてはまらなそうなものにした。

喜喜は納得しているのか、していないのか——ばたばたと羽根を震わせた。

「文句があるのは、私も同じよ、喜喜。でもさ、来ちゃったんだから、ここで楽しくやっていくしかないじゃない？」

——私も、後宮の籠の鳥。

一度足を踏み入れたなら、皇帝の許可なく、ここから出ることはできない。翠蘭はもはやどこにもいけない。自由はひどく、遠い。

だけれど翠蘭は自分でその道を選んだのだ。断ることもできたが、断らなかった。

——だから、私は自分を哀れまない。

この後宮で楽しく健やかに生きていこうと決めている。そして、翠蘭が楽しく過ごすためには、まわりの人たちもしあわせであって欲しい。

「その意味では、あなたは自分で選んでここに来たわけじゃないもんね。そこは、本当に、ごめんねって思ってる。こんなところに連れてきちゃって……そのぶんできることはやるし、尽くすからね」

喜喜は翠蘭の話など興味なさそうに囲いの向こうを走って行き、なにかを見つけたのか地面を丁寧につつきだしたのであった。

翠蘭は少しのあいだ喜喜と小小が囲いのなかで地面をつついているのを眺めてから、懐から取りだした手巾で手の汚れを拭いて、餐房に向かった。

回廊の花窓から日が差し込んで床に花の形の影を映しだす。

丸い形の洞門をくぐり抜け室内に入ると、ちょうど雪英がほかほかと湯気のあがったマーラーカオの皿を掲げて入ってくるところであった。

マーラーカオとは卵を使った蒸し菓子である。

翠蘭にマーラーカオを教えてくれたのは水清宮の貴妃である司馬花蝶だ。半月ほど前にお茶会に誘われて水清宮に赴いたときにマーラーカオを食べ、翠蘭はその美味しさの虜になってしまったのである。

山の暮らしでは一度として食べたことのない菓子だった。

黄金色のその菓子は手に持つとずしりと重く、ふわふわしているのに割って食べるともちもちして、びっくりするくらいに美味だった。

あまりにも翠蘭が「美味しい」を連呼し、ばくばく食べてしまったので——そのとき一緒にお茶会に出向いて傍らにいた明明の目がどんどんつり上がっていった。

なぜ怒るのだと内心でぎょっとしてマーラーカオを食べるのをやめたら、今度は明明が悲しげに眉を下げた。

いきなり食べるのをやめて、なにも言わないのも変だからと「お腹がいっぱいになりました」と自分の腹のあたりをぽんぽんと叩いて笑ったら、花蝶が、その可憐な顔に笑みを浮かべ「そうであろう。この菓子はお腹がくちくなるのだ」と自慢げに言った。

というところで「では、腹ごなしに歩いて帰ります」と暇を告げ、明明がどうして悲しそうになったのだろうと様子を探ってみたが、無言だった。

なにも言わないのに「怒ってるの」とか「悲しんでいるの」とか聞くと、よけいに怒らせるし悲しくさせるし、なんならものすごく物事をこじらせることを翠蘭は経験則として知っている。

なので翠蘭は黙って明明の隣を歩いていた。

じっと明明を見ていたら、明明が「なにを見ているんですか」と聞いてきたので「美しい人を見ているの」と応じた。明明がうんざりした顔で目を閉じて「あなたはいつもそうだから」と、ため息を零した。

――でも私、本当に明明が美しいから見惚れていたのに。

明明は翠蘭の誉め言葉を最近は苦笑いして、いなすのだ。調子がよすぎてもう真剣に聞いていられないと、天を仰いでみせたり、首を左右に振って呆れたりする。

その後、お茶会から戻ってきた水月宮で、無言で厨房にこもった明明が山のように菓子を作って餐房に運んできたので、雪英とふたりで喝采してもぐもぐ食べた。

明明が「お腹いっぱいなんでしょうけど」とつんとして言ったので「お腹いっぱいでも明明の作ったものならいくらでも入る。世界で一番美味しいから」と返し、出てきた菓子をすべて平らげた。実際、美味しいし、明明が作ったものなら本当にいくらでも入るので、どんどんこいだった。

翠蘭が食べるにつれて明明の下がった眉がきゅうっと上がっていき、最後には笑顔になって「食べ過ぎですよ」とたしなめて、皿を取り上げてしまった。

笑ってくれたということは――あのときの翠蘭の行いはたぶん間違っていなかった。

そして翠蘭は思ったのだ。

鶏を飼おう、と。

新鮮な卵を使ったマーラーカオを明明の手で作ってもらおう、と。

もしかしたら翠蘭が作ったほうがいいのかもしれないが、菓子作りは不得手だ。鶏を捌いて丸ごと焼いたり、猪を捌いて丸ごと焼いたりならできるのだけれど。

つまり丸ごと焼く以外の料理は下手なので「材料が無駄になるから、やらないでください」と明明に止められている。

というわけで、本日、新鮮な卵を入手できるようになった水月宮で、明明の作るマーラーカオが披露されることになった。

たかが菓子。されど菓子。

翠蘭にとって、これは大切な式典である。

翠蘭の意気込みを知っているから、雪英の後ろを明明が心配そうな顔をして、茶器の載った盆を掲げて歩いてくる。

「娘娘、とても美味しそうです」

雪英が言う。

「美味しそうじゃなくて、美味しいのよ。明明の作るものはどれもこれも絶品なんだから。——雪英、怪我の手当ては終わったの？」

雪英の全身にぱっと視線を巡らせる。擦り傷は水で洗われ軟膏を塗ってもらったようだ。

明明がすることにぬかりはない。

「はい。ありがとうございます」

「もう痛くない？」

「はい」

雪英はうなずいて卓にマーラーカオの皿を置いた。そのまま翠蘭が座りやすいようにと椅子を引いてくれる。

「ありがとう」

と告げて椅子に座ると、明明が翠蘭のためにお茶を器に注いだ。どこの、なんというお茶かはわからないが花茶のようだ。甘く、良い香りが漂(ただよ)った。

さて、と翠蘭がマーラーカオに手をのばそうとする。

途端に、明明が翠蘭の手に、マーラーカオに手を重ねて制止した。

「なに？　ちゃんと手を拭いてきたわよ。ほら」

両手の手のひらを明明に見せて主張する。汚れた手でものを食べると怒られるので食事の前には綺麗にするようにしている。

「いえ、そうじゃなくて。娘娘は貴妃さまのところのマーラーカオがお好きでしょうから、別に私のマーラーカオを食べなくてもいいのかもしれないと思って」

明明が小声で言う。

そんな馬鹿な。

「なに言ってるの。明明のマーラーカオのためだけに私は雌鳥を取り寄せてもらったのよ。

この菓子には産みたての新鮮な卵が必要って聞いたから。差配の宦官に嘆願書を書いて、なんかいろいろとわけわかんない書類に印章を押して署名して、後宮のなかを右往左往した。鶏の囲いだって作った。毎日の餌遣りだってがんばっている。明明に頼んだら、作ってくれるって言ったじゃないの」

「言いましたけど」

「私が明明のマーラーカオを食べたくないはずないでしょう?」

勢いよく言い募ると、明明が瞬きをして困った顔になる。

「やめてください。重いです。娘娘は私のマーラーカオに期待しすぎです。やっぱりやめです。これは雪英と私で食べることにします」

「やだ」

翠蘭は立ち上がって、奪われまいと必死になってマーラーカオをひとつ取る。明明に取り上げられる前にぱくっと齧(かじ)りつく。

ふわっとした感触と、甘い香り。口のなかに入れるとしゅわっと溶けるような柔らかい舌ざわり。もちっとした歯ごたえを楽しみながら噛みしめる。

「美味しい……そうなのよ。私は明明の作ったものが一番好きなの」

行儀が悪いとたしなめられようとも、これは力説したい。マーラーカオをふたつに割って、交互にかぶりついて、咀嚼(そしゃく)する。

あっというまに食べきると明明も雪英も目を丸くして翠蘭を凝視している。

「あ、別に水清宮の調理をしている宮女の腕をけなしてるんじゃないのよ。そうじゃなくて明明がとにかく料理上手すぎるっていうだけで……特にお菓子は誰が作るより私は明明の作ったものが一番……って、なに？」

明明の頬が真っ赤に染まっていく。

「そこまでじゃないですよ」

「そこまでよ。明明は料理の天才」

真顔で返したら明明がどうしてかぷいっと顔をそむける。

しかし耳も赤く染まっている。作ったものを絶賛されて照れるだなんて、なんて明明はかわいいのだろう。

「誉めすぎです」

翠蘭は椅子に座って次のマーラーカオを手に取る。

「明明も雪英も食べようよ。座って」

明明はさておき、雪英はいまだに、主である翠蘭と同じ卓に座って食事を取ることに慣れないようではあったが――毎回、命じられるので従うようになっていた。おずおずと椅子に浅く座り、マーラーカオを手にして齧る。

雪英は一口食べて、目を見開いた。

「美味しいでしょう?」

「はい」

　こくこくとうなずく雪英を見て、翠蘭は微笑む。「ほら」と明明に向かって胸を張ると
「なにが、ほら、なんですか。もう」と明明も笑いだす。

「雪英にも明明の作った蒸したてのマーラーカオ食べてもらいたかったから嬉しい。たくさん食べようね」

「はいっ」

　そういうことならと明明が立ち上がり「他の料理も持って参ります。お待ちください」と笑って告げた。

「他の料理?」

「マーラーカオだけしか作ってないとお思いですか?　マーラーカオだけじゃ飽きるじゃないですか。甘いものとしょっぱいものを交互に食べてお茶を飲みたい。そうでしょう?　実は小籠包と肉饅頭も作りましたし、冷たくした杏仁豆腐もありますし、干した棗も用意しております」

「明明は最高だなあ」

　マーラーカオを片手に感心すると、

「誉めたって何も出ないんですからね」

と明明が苦笑する。

これ以上はもういらないというくらい出してくれるのにそんな言い方をするのがおかしくて、翠蘭はくすくすと笑いだす。

そのまま、笑いが伝染したように全員が満面の笑顔になったのであった。

そんなふうにしてその日一日は過ぎていった。

翠蘭の水月宮は「自分たちのできることは自分たちでやります」とすべての物事を三人だけでやっている。他の宮では、洗濯や掃除は、そのためだけに配属された宦官に頼んでいるところもあると聞く。

しかし水月宮は三人しかいないのだ。洗濯も掃除も調理もなにもかもを自分たちでやったほうが早い。

おかげで毎日、働いているうちに一日が終わる。退屈知らずで、ありがたい。

今日もまた、美味しいものを食べて、食べ終えたあとは器を洗い、みんなで喜喜と小小を眺めたり——宮のなかの房を掃除し、各々の衣装の洗濯をしたり——つまり日常をやってのけているうちに夜になった。

就寝の時間になり、雪英が部屋に戻る時に、

「一緒に寝る?」

と尋ねたが、雪英は「とんでもないことです」とぶんぶんと首を横に振った。

「そう？　じゃあ部屋まで送っていく」

「部屋まで……」

断りそびれている雪英につけこんで、翠蘭は火を灯した手燭を持って、問答無用で雪英の部屋の前までついていく。扉を開けてなかに入る雪英に、翠蘭は軽く手を振った。

「おやすみなさいませ」

「うん。おやすみ。なにか嫌なことがあったら大声だして呼んでいいからね」

自分の手燭をそのまま雪英に渡す。明かりがあるのとないのとでは、怖さが違う。けれど蠟燭は高いから、雪英は自分自身のために蠟燭に火を灯そうとはしないだろう。

「使いなさい。灯火が闇を拭ってくれるわ。いらないって言うなら、私、添い寝するわよ。一緒に寝たくないなら、受け取って」

「はい……」

「これだけでは不安なら、香木も焚くといい。いい匂いのものは邪気を祓うと聞くわ。ただし火にだけは気をつけるのよ？」

気のせいだとしても、そういうまじないは人の気持ちを強くさせる。信じすぎさえしなければ、頼るべきときに頼るのはいいことだと翠蘭は思っている。

「……はい。あの……ありがとうございます」

無理に押しつけると、雪英は目を瞬かせて恐縮して手燭を押し頂いた。

困った顔をした雪英に笑顔を返し、ぱたりと扉を閉める。

翠蘭はそのまましばらく扉の前で腕を組んで仁王立ちして見守った。

じっと耳を澄まして廊下に立っている。室内で歩きまわる音がして、じきに音がぴたりと止んだ。どうやら雪英は眠りについたようだ。

ひとまず納得し、翠蘭もまた自室に戻る。

扉を開けると、明明が部屋のなかをせわしなく歩きまわっていた。部屋の窓を開けて風を通し、寝台の寝具を丁寧に整えたりと、忙しい。

銅製の柱式の灯火の明かりが周囲を照らす。風で炎が揺れるのにあわせ、室内の影が長くのびたり、ちぢんだりをくり返す。

お気に入りの武器を棚に飾りつけた翠蘭の部屋は、妃嬪の部屋というより武将の部屋のようである。

寝台をはじめ家具はどれも飾りのない武骨なものだ。ただし枕や布団などの寝具は贅沢なものを使っている。睡眠は大事だ。休息をきちんととらないと、戦闘で本気の力が出なくなる。

といっても翠蘭はいまのところ誰とも戦ったりはしないのだけれど。

「雪英は？」

明明が聞いてきた。

「寝たみたいよ。部屋が静かになったから」

「そうですか」

明明は安堵したように笑った。翠蘭にとっては姉がわりだが、雪英に対しても明明は姉の役割を果たそうと決めてしまったのかもしれない。

明明だけではなく翠蘭も、雪英のことは弟のように感じている。

素直だし、妙に細くて、小さくて——それから軽い。

御花園で抱え上げたときの彼の軽さときたら——。

「そう。軽かったんだよな」

つぶやいて、翠蘭は、両手を前に掲げて、指をわきわきと開いたり閉じたりする。

立ったまま両手を前に出して指を動かしている翠蘭を見て、明明が仕事の手を止めた。

「娘娘、なにをしてるんですか」

「うん。私の日々の鍛錬の成果で重たいものが持てるようになったのか、それとも単に雪英が細くて、思っていたより軽かったのかって悩んでいるところ」

「思っていたより軽かったってどういうことですか？」

「ことのついでで雪英を抱えてみたのよ。さすがに肩車は無理だった。私の背丈が足りなくて、あと筋力も不足しているわ。もっと鍛えたらできるのかしら」

「娘娘？　雪英を肩車するおつもりですか？」

明明の眉間にしわが寄る。

「肩車はまあ無理としても、たまに抱きかかえてみてもいいかもしれない。私ごときに抱えられているうちは、よくないわ。持ち上げられないようになりなさいって、今度、言ってみようかな」

「娘娘、なにをおっしゃっているんです？」

「雪英はたくさん食べても、ちっとも太らない。心配になってしまうわよね」

明明と翠蘭の会話は微妙にすれ違っている。

明明が「なにをおっしゃっているのかわからないままですが」と嘆息し、

「雪英が細すぎて心配なのはわかります。私もそれを案じてました。でもちょっとうらやましいです。私なんて後宮に来てから太ってしまったのに、同じものを食べていても雪英も娘娘もほっそりとしたままで」

としみじみと言った。

「明明はちっとも太ってないわよ。なんでそんなこと思ったの？」

「なんでって。裙がちょっときつくなったんです」

明明がそっけなく言い返した。

「洗濯のしすぎで裙が縮んだんじゃない？」

「え」

「だいたい太ったところで、それでいいのよ。明明は昔から綺麗だったけど、いまが一番美しいと思う。于仙にもいまの明明を見てもらいたいと思って、寂しくなるくらい。私だけが花盛りの明明をひとりじめして見ているのが申し訳ない」

明明はなにも答えなかった。

嘆息して、やれやれというように首を振る。

「私、明明の重さはわかってる。ちょっと明明、抱えさせてちょうだい」

ずいっと近づくと明明が目を丸くした。

「嫌ですよ。娘娘。なんですか」

後ずさる明明を抱きすくめ、ぎゅっと持ち上げる。明明の踵(かかと)が浮いて、つま先立った。

抵抗する明明を無理に抱え、ぐるりと回転する。裙と領巾(ひれ)がふわりと舞って、明明は「きゃ」と小さな悲鳴を上げた。

「うん。やっぱり明明の重さは前と同じだよ」

明明を床に降ろすと顔を真っ赤にして翠蘭の胸元をどんっと両手で叩いた。

「人の重さを自分の腕で計測しようとしないでください。そんな昭儀どこにいるんですか」

「ここに」

「娘娘って人は……女心がわかってない。女なのに‼」

「え……ごめん。でも、太ってたとしてもいまくらいの明明が好きなんだけど」

「本当にあなたって人は……いつもそうっ」

同じ女なのに女の心がわからないと詰られた。

しかも明明は唐突に、

「で？」

と言って腰に手をあてて上目遣いで翠蘭を睨みつけた。

「で？　って、なにかしら」

と聞き返す。

「ふざけたことして私が部屋から逃げだすようにしむけても、だまされてなんてやりませんよ。あれの話をしてください」

明明がひとさし指を立ててぴしっと差し示したのは——翠蘭が昼に背負って持ち帰って、部屋の隅に置いてある木蓮の枝である。

——ごまかせなかったか。

うまく明明を笑わせて、なかったことにしたかったのに。

けれど翠蘭がなにを企み、どうごまかして過ごそうとしているかなんて明明はいつもお見通しだ。仕方ない。

「今日の昼に娘娘は結局なにを斬ったんですか。なにが雪英をあんなに怖がらせていたんですか。刃でつけられたような怪我はふたりともしていなかったから、戦ったりなんだりってことはなかったんでしょうけど……」

気遣わしげに眉を顰める明明を見返し、翠蘭は嘆息した。

「やっぱりそれを聞くのね」

ふたりきりになったら明明は絶対に聞いてくると思っていた。

「聞きますとも」

——明明が昼間〝怖くて面倒くさい話〟をやめにしたのは、雪英が脅えていたから、思いだしたりしないようにと気を遣ったのよね。

そして明明は雪英が心配なので決して彼をひとりきりにはしなかった。それは翠蘭もそうだ。今日は一日、常に、どちらかが雪英の側にいた。

翠蘭は長椅子に腰をおろし、だらりと足をのばし、腕を組んだ。

「なにを切ったのかっていうと、木蓮の枝よ。でも〝なにを斬ろうとしたのか〟って問われると髭面の甲冑姿の男を斬ろうとしたの。いや、斬ろうとしたんじゃなく、応戦しただけなんだけど」

明明が「え」とひとことだけ漏らし険しい顔になる。

「娘娘……危ないことはしないでって言ったのに。男がいたってどういうことですか？

いや、いてもいい。いていいですけど、そこは、こっそり逃げて帰ってきて宦官たちに報告してください。自分で立ち向かわないでください。後宮内で刃傷沙汰って下手したら冷宮送りですよ」

明明が矢継ぎ早にそう言って翠蘭を睨みつける。冷宮とは罪を犯した后妃が、閉じ込められる場所のことだ。

「いや、後宮に男がいたら、よくないわよ。しかも甲冑で武器持ってたらこっちも臨戦態勢になっちゃうって。あと、どういうことかを問われても私にもうまく説明できない」

翠蘭はたしかに男を見た。殺気を放った男が翠蘭たちに挑みかかってきた。だから剣を抜いて男と刃を交わした——はずだった。

はずだったのに、切れたのは男の背後にあった木蓮の枝で、男の姿はそのまま霧となって消え失せてしまった。

持ち帰った木蓮の枝はそのまま部屋の隅に置いてある。

事の仔細を語ってみたが、明明も理解できないようで首を傾げるばかりだ。

「しかも私は男を見たのに、雪英は見ていない」

「見ていないってどういうことです？」

「雪英には黒い霧かなにかの変な塊がもやもやと動いているようにしか見えなかったらしいわ。雪英の話からすると、真っ黒の影が茂みを揺らして出てきて、なまあたたかい風が

「そこから吹いてきて――」

なにか得体が知れない怖ろしいものが自分たちに襲いかかってきたと、雪英はそう感じたのだそうだ。

そしてそれを――翠蘭が剣で薙ぎ払った。

翠蘭が斬りつけると黒い影は形を失い、溶けて、消えた。

すべてが終わり、木の枝が音をさせて落ちてきた。

「私の見たものと雪英の見たものは違う。それを指摘すると、雪英はもっと怖がるかもしれないから、詳しく聞けなかった」

翠蘭はゆっくりと立ち上がり、腰に下げた剣を鞘から抜いた。

「さすがに皇帝陛下から賜った剣は見事なものよ。枝を切ったくらいではびくともしない。刃こぼれひとつしていないの」

なにを斬ったかわからないまま、斬り捨ててすぐに刃を見た。薄く研がれた刃はよく欠ける。斬ったものに応じて、汚れて、錆びる。剣は、手足と同じようなものだ。使ったあとにその場で拭いて、損なっていないかどうかを確認してから鞘に戻す。

そうしなければ次にまたその剣を使うときに、最上の戦いができないからだ。

――相手の刃と嚙みあった感触がないだけではなく、刃の欠けもなかった。

実戦でそんなことは、ないのだ。于仙のもとで真剣で鍛錬をしてもらった経験があるから、わかっている。うまく側面で受けて、与えられた力を受け流さないと、刃はすぐに欠ける。

「火花が散るくらいの斬り合いだったはずなのよ。刃が欠けないはずがない。普通なら」

言いながら剣を掲げて見る。炎の明かりを受けて刃が光る。手元に引き寄せてじっと見る。表を見て、裏を見て、また鞘に戻す。

「私に言えることはひとつだけ――とにかく変なものがいたけど、消えたし、みんな無事」

――幽鬼なのかもしれない。

「そんなおおざっぱな判断でよろしいんですか」

明明が呆れた顔になった。

「判断をするのは私じゃないわ。だってここは後宮ですもの。皇帝か皇后が見極めたり、調べたりするでしょう。私が出しゃばったっていいことない」

「まあ……そうですね。目立たないでそっと楽しくのんびりと暮らしていけるのがなによりですよ」

「うん。幽鬼探しはもうこりごりよ」

後宮に来てすぐに、思いもよらぬ形で出しゃばってしまったせいで、皇帝にこき使われてさんざんな目に遭ったことを翠蘭は忘れていなかった。

今回はできるだけ息を潜め、面倒なことからは遠ざかりたい。

――とはいっても。

翠蘭は、顎で木蓮の枝を差し示し、

「庭の手入れをしている宦官に謝罪にいかなくてはならないわね。その前に、その枝を持っていって皇后さまに報告だけはしてこようと思ってる」

と続けた。

この後宮でいちばんの権力者は皇后なので。

「まさか……いまからですか？」

明明が声を尖らせた。

「ええ。こういうのって遅らせれば遅らせるだけ問題が大きくなっていくような気がするの。あと、私、皇后さまに嫌われてるから。隠し事をしているって思われたら厄介なことになりそうで」

「でもいま、夜ですよ？」

「わかってる。夜だからよ」

昼間は皇后は動かない。

しかし皇后は夜になったらこっそりとそのへんをうろついて後宮内の治安を維持しているのだ。皇后は、夏往国のお目付役。経済も政治も実権は皇帝ではなく、皇后にあることはみんな知っている。彼女は後宮内の厄介事も調べてまわる。皇后が、木蓮の枝の切り口が剣であることを見逃すはずがない。

翠蘭が伝えるより先に、皇后自らが異常に気づいてしまったらおおごとになりそうだ。

「幽鬼が歩いているかもしれないのに、あえて夜に出歩くんですか?」

悲鳴のような声をあげる明明に、翠蘭は肩をすくめた。

「幽鬼は別に怖くない。だって実体はなかったわ。剣を持っていたとしても幽鬼は私を斬れないみたい。だったら、当然、生きてる皇后のほうが怖ろしいわよ。皇后さまの背後にいるのは夏往国で、あの人はどう見ても手練れの剣の遣い手だし、頭も切れて、度胸もある。皇后さまに目をつけられたら水月宮なんてあっというまに」

翠蘭は指さきを刃に見立てて自分の喉をさくっと横に斬った。

一連の動作を見て、明明がぐっと唇を引き結ぶ。

「できる限り穏便に、物騒なことは言わないようにしてくるわ」

「だったら私も娘娘とご一緒します」

——そう言うと思った。

翠蘭は片手を上げ、明明を押し止める。

「雪英が不安がるから、留守番をして。もしかして起きてくるかもしれない。そのときに、ここに誰もいなかったらかわいそう」

「……わかりました」

明明が不承不承といったふうにうなずいた。

翠蘭は木の枝を束ねて抱え、部屋を出た。

外に出ると、夜空に研いだ刃のような薄く白々とした月が浮いていた。

美しい夜だとぼんやりと見上げ——月に似た美しい義宗帝のことをふと思う。

義宗帝とはじめて会ったのはそういえば月の夜だった。月光をよりあわせて作りあげたかのごとき美貌に目を奪われ、妃嬪のひとりに違いないと決めつけて、池の水に手を差しのばしていた彼に駆け寄って抱きしめたのが、ずいぶんと昔のことのように思える。

翠蘭はおもむろに自分の額を指でたしかめる。あのときはとんでもないことをしでかしてしまったことに青ざめて、跪いて叩頭して謝罪した。

その際に額が割れて血が流れたが、いまはもう額の傷跡は綺麗に消え失せている。

——皇后をはじめとして、四夫人、十八嬪、さらに世婦までいる後宮に集った数多の女たちの誰よりも美人なのがよりにもよって皇帝陛下って、なんなのか。

後宮に入るまでは「来てしまった以上、そこそこの寵愛を得て楽しく生きよう」という野心もないではなかったが、義宗帝の顔を見た途端、翠蘭の自惚れは霧散した。

美において、皇帝に自分が選択されるとは思えない。

では翠蘭が、中味で選択される可能性はというと、それもまた困難そうだ。なぜなら義宗帝本人がかなり個性的な性格なので。

――あれに好かれても、いいことがあるとは思えないんだよな。

皇帝をたとえ内心でだけでも「あれ」呼ばわりはどうかと思うが、そう呼びたくなるような性格なのだ。

ただし翠蘭はそんな皇帝が嫌いじゃない。

義宗帝は、人をよく見ている。翠蘭の中味も見抜いている。心の幼い妃嬪に無理強いはできないからという理由で翠蘭に夜伽を命じない。

――少なくとも彼は暗愚ではない。

「でも最近、朝議のときに居眠りしていたとか、調印の書類を溜めて居眠りしていたとか……陛下のろくでもない話ばかり聞こえてくるんだよなあ」

雪英がそういう噂を教えてくれた。宦官たちの情報網はあてになる。

益体もないことを思いながら、歩いていく。

後宮は西と東だと、東の宮のほうが妃嬪の地位が高く、皇帝の暮らす乾清宮に近いほうが皇帝の寵愛が深い。

ゆえに皇后の住まいは、いちばん東で、いちばん乾清宮に近い水晶宮となっている。

ちなみに翠蘭の水月宮からはかなり遠い。

「夜に突然押しかけても入れてくれないかもしれないわね。でも、報告にいったという事実だけが伝わればそれでいい。切った枝を宮女に渡しとけばいいだろうし。あ……その場合、一本だけは持ち帰って、朝になったら庭の手入れをしている宦官のところに謝罪にいったほうがいいかしら」

行き交う人の姿がまったくない。

あまりにもひっそりとしているのが気になって、ぶつぶつとひとりごとをつぶやいた。考えないようにしているが、幽鬼のことが心の端に引っかかっている。怖いわけではない。が、また遭遇したら、はたして自分はあの髭の男を斬れるのか。殺気だけがあって実体のないあの男を――。

手提げ灯籠が翠蘭の足もとをぼんやりと照らしている。

外気は夜になってもなまあたたかいままなのに、空と月の色だけは冷え冷えとして澄んでいた。

と――。

翠蘭の行く先の道に、ぼうっと人影が浮かび上がる。

灯籠も持たずに手ぶらで、ふらふらと漂うように歩いてくるのは――人びとの夢がそのまま具現化したかのような美貌の主だ。

身にまとうのは高価な白絹の交領衫(こうりょうさん)に龍の金刺繍の直領半臂(ちょくりょうはんぴ)。翡翠の飾り石をあしらった金の帯を締めている。

ぬるい風が、広く開いた袖をなびかせている。ただ風に吹かれているだけなのに、妙に艶めかしくも麗しい。

切れ長の双眸は黒曜石（こくようせき）の輝きを秘め、涼やかだ。月明かりを閉じ込めたかのような白く透き通る肌。唇は、桃の花びらの愛らしさと艶やかさを写しとったかのよう。絹のごとき漆黒の長い黒髪の一部を束ね、他は後ろに垂らしている。

——義宗帝であった。

「げ」

知らず、翠蘭の唇から言葉が零（こぼ）れた。

どの妃嬪よりも華やかに咲き誇った花であるその姿を凝視し、翠蘭はすぐに振り返って、来た道を戻ってしまいたい衝動に駆られる。

皇帝を見なかったことにして水月宮に帰りたい。いますぐ！

しかしそんなことは許されない。なぜなら相手は皇帝だから。

「げ、とはなんだ」

皇帝は見た目だけではなく、耳もいい。翠蘭のつぶやきを聞き逃さない。

「なんでもないです。お忘れください」

絞りだした返答に皇帝は素直にうなずいた。

「わかった。そなたの変わった鳴き声のことは、忘れよう。ところでそなた、こんな夜になにをしている」

「それは私の言いたいことです。陛下こそこんな夜になんでひとりでうろつきまわっているんですか。灯籠くらい持って歩いたらどうですか。また太監に怒られますよ」

翠蘭がくだけた口調なのは、他ならぬ皇帝直々にこういう話し方を許されているからだ。翠蘭は妃嬪ではなく猫や猿といった愛玩動物と同じような立ち位置で皇帝の側に侍ることを許されている。礼儀を知る以前の存在なので「許す」という理屈らしい。

「ひとりではない」

「どなたかがご一緒なんですね。いったいどこに……」

誰が隠れているのかときょろきょろと視線をさまよわせる。つま先立ちしてあちこちを見回す翠蘭に、皇帝が続けた。

「そこだ」

皇帝が見ているのは、翠蘭の顔だ。

「いまからそなたと共に歩く。だから、ふたりだ。私と共に歩くのを許す」

許されてもと思うが、反論はできない。許されるということは「そうしろ」という命令でもある。光栄と思いありがたく共に歩かなくてはならない。

「はっ」

仕方ないから翠蘭は、灯籠を持ったまま拱手してかしこまった。

「ところでそなたはどこに向かっている」

「私は皇后さまのいらっしゃる水晶宮に向かうところでした」

「ふむ。ちょうどいい。私もだ」

思わずまたもや「げ」と言いそうになったが喉のところで押し止める。何度も「げ」と言ってしまったらそれが鳴き声として認定されてしまう。義宗帝には「そういうところ」がある。皇帝の言葉の、どれが冗談でどれが本気かが、翠蘭にはいまだに摑めない。

しかしどう考えても皇帝は別なところに向かおうとしていたように思える。だって翠蘭が歩いている方向から現れて、道の真ん中で巡り会ったのだ。普通ならこのまますれ違い、互いに逆方向に進んでいくはず。

「ですが陛下には陛下のいきたい場所があるのでは？」

「案ずるな。私が歩くことで、すべての道は王道となる。行き先がどこであっても、かまわない」

「はい」

案じている方向性があまりにも違う。だからその説明にも納得できない。

しかし翠蘭はうなずき、手にしていた灯籠で義宗帝の足もとを照らすことに専念した。

自然と皇帝の少し前を歩くことになる。ゆらゆらと灯籠の火が揺れて、足もとでふたりの影が重なった。

嗅いだことのない、粘つくような甘い匂いが義宗帝の着衣から漂ってくる。

「こんな夜に、皇后になんの用事があるのだ？」

黙っていても仕方ない。皇后に伝えたあと、皇帝にも伝える予定だった。

「今日の昼に幽鬼のようなものを見ました。私には見鬼の才はありませんので、はっきりと幽鬼だと断言はできませんが——とにかく異質なものを見かけたのです。雪英はそれを黒い靄のような塊だと言いました。私には甲冑をつけた男に見えました」

「ふむ」

「私は、その異形を斬ろうとして、あやまって御花園の木蓮の枝を切ってしまいました。その報告に伺う予定でした」

「異質で異形とはどういうことだ？」

「斬り結んだ剣の刃に欠けはなく——手応えもありませんでしたから——人ではなかったのだと思います。それに相手はどう見ても男でした。後宮に生きた男がいるならおおごとです」

「なるほど。ならば水晶宮にいく必要はない。皇后には私が後で報告をする」

皇帝の足音が止まる。翠蘭の視界のはしで、皇帝の裙が翻るのが見えた。くるりと反転する足の動きが、素早い。

「私は雪英の話を聞きに水月宮にいく。そなたも共に来るように」

「え、どうしてですか」

「そなたは具合が悪そうには見えないが、雪英がどうかはわからないからだ」

「どういう意味ですか。雪英の具合って？」

聞いたが皇帝は答えない。答える必要性を感じなかったのだろう。さっと背を向け歩きだす。翠蘭がついてくることを疑いもしないのだ。

慌てて翠蘭は小走りで皇帝を追い抜いて、灯籠の明かりを皇帝の足もとに照らす。

足早に歩くので、翠蘭も皇帝に合わせて急ぎ足になる。

「もしかして雪英になにか怖ろしいことが起こるんですか」

「それはわからない。わからないから、いまから確認しにいくと言っている」

「大丈夫なんですか」

「案ずるな。私は龍の末裔(まつえい)である」

まったく返事になっていないが——龍の末裔が側にいてくれるなら、なにも案じることはないのだろうか。

いや、案じるだろう？

そうやって急ぎ足で水月宮に辿りつき——。

鍵がかけられた門に向かい「明明、いま帰った」と声をあげる。明明は門の側で待っていたようで、すぐに鍵が開けられる音がした。

内側に大きく門扉を開き、

「娘娘、早かったですね。もっと時間がかかるかと」

と笑顔で翠蘭を迎え入れてくれた明明の言葉が、そこで止まる。

翠蘭の背後にいる皇帝に気づいたのだ。

「……陛下」

はっとした顔になり、拱手する。

義宗帝はにこりと花のような笑みを浮かべ、軽くうなずいた。うなずいただけで、なにを言うでもない。

「途中で会ったのよ。それで雪英に話を聞きたいっていう話になって」

翠蘭が小声で明明に説明しているあいだに義宗帝はどんどん水月宮に入っていく。彼を止められる者は誰もいない。案内する者もいないのだけれど、義宗帝は、水月宮には何回もふらりとやって来ているので、どこになにがあるかを知っているのだ。

迷うことなく廊下を歩き、ずんずん進む義宗帝の後ろを、翠蘭と明明は早口に会話しながらついていく。

「私の具合は悪そうには見えないけど、雪英はどうかわからないと陛下が唐突におっしゃって、それで……。明明、雪英におかしなことは起きてないよね？」

「娘娘がお出かけになられてすぐに様子を見に部屋を覗いてみました。そのときは寝ているように見えました。……だけど言われてみれば、扉を開けても、雪英は身体を起こさなかったわ。あの子、いまだに緊張しているのか、夜中にそっと覗く度に顔を上げて〝ご用事ですか〟って私に言ってくるような子なのに」

「待って。つまりすごく具合が悪いってこと？　寝てるんじゃなくて倒れ込んでるってこと？　だったら心配じゃないの。早く雪英のところにいかないと」

「そうですね」

明明と翠蘭は義宗帝を追い越して駆けだした。

「だから……案ずるな」

後ろから義宗帝の声がしたが、かわいい雪英の身になにかあったらと思うと、案じないわけはないではないか。自分が不安になるようなことを言いだしたくせに、義宗帝は、余裕がありすぎる。

雪英の部屋の扉の前で、

「雪英、入るわよ」

と言ったと同時に翠蘭は扉を押し開けた。

部屋は暗い。

狭く小さな寝台の側に火の消えた蠟燭が置いてある。贅沢だと思って消してしまったのかもしれない。

「雪英、大丈夫？　寝てる？　起きてる？　どうなってる？」

手にしていた灯籠を掲げる。雪英は目を閉じたまま、苦しげに小さく唸った。眉間にきゅっとしわが寄っている。

明明が雪英の額に手をあてはっと息を呑む。

「……熱い。娘娘、雪英は熱をだしています。白湯（さゆ）や薬を持って参ります」

明明の動きは素早い。言い置いて、すぐに部屋を出る。翠蘭は灯籠を床に置き、雪英の額に触れる。熱が高い。しかし汗はない。息が荒い。

「雪英――」

返事はない。

こつこつと足音がしてはっと振り返る。義宗帝が部屋に入ってくる。

「案ずるな」

と言われて反射的に「案じてくださいっ」と返していた。

義宗帝は「そうだな」と真顔で翠蘭を見た。そうだな、ではない。

「あまりにも恨みの強い幽鬼に触れたとき、場合によってはこんなふうに悪いものを身の内側に取り込んで倒れてしまう者もいる。野蛮で強いそなたとは違い、雪英は繊細で弱いから」

義宗帝は寝台に腰をかけ、雪英の頬に手をあてる。

「私は龍の末裔である。私の存在は邪気を祓うと言われている」

「……はい」

雪英は殊勝に頭を垂れてうなずく。

「言われているだけだが」

「はい？」

「熱をだしている者を救うのは龍の手ではなく、ちゃんとした薬と休養だ。薬を飲ませるためには容赦なく起こすことが必要だ。私にはそれができる」

なにを言っているんだこの皇帝はと思った翠蘭を尻目に、皇帝は雪英の背中に手をあて上半身を抱きかかえて起こす。頬を片手でぺちぺちと軽く叩く。

「雪英、皇帝の前でのうのうと横になっているとはどういうことだ。いますぐ起きろ」

威厳に満ちた重々しい美声が響く。雪英のまぶたがひくひくと動く。ゆっくりと目が開き「ひっ」という小さな声が唇から零れる。

「起きることを許す。そして、そのままでいろ。立つことまでは求めておらぬ。私の声は聞こえているな」

雪英は、うなずこうとしたのだろう。頭ががくりと揺れた。が、どうにも身体がまともに動かないようである。ふらついたままの雪英に「楽にすることを許す」と、義宗帝が真顔で命じた。

明明が、薬と白湯の載った盆を持って走ってくる。

「遅い。その薬をここへ」

命じ慣れた声で視線も向けずに言う。明明は「はい」と義宗帝の前に盆を捧げ持つ。

「この薬は？」

「麻黄に桂皮、甘草と杏仁を煎じて乾かしたものでございます」

「ふむ。良い判断だ」

皇帝は紙で包んだ薬を手に取って開封すると、

「口を開けよ」

と雪英に命じた。

うっすらと開いた口に指につけた粉薬をなすりつける。行いそのものは乱暴なはずなのに、ひとつひとつの所作が優雅で丁寧なのは皇帝だからなのだろうか。開かせた唇の縁に、淡黄褐色の粉を差し入れ、優しい目で「薬だ。飲め」と言う。

片手で雪英の半身を抱えたまま、白湯の入った湯飲みを雪英の口元に近づける。そうっと、湯飲みを傾ける。

「勢いよく飲むと、むせてしまう。少しだけでいい。湿らせるだけでいい。飲めるな？」

「……はい」

と拭った。

あやつられてでもいるかのように雪英が薄く目を開き、湯飲みに口をつける。少し零れた白湯が雪英の口の端から伝い落ちるのを、義宗帝は自分の装束の袖でぐいっと拭った。

雪英の喉がこくりと小さく動くのを見届けて、義宗帝は、雪英の半身を寝台に再び横たえた。

「あとはしばらく寝ているといい。薬が効いてきたら熱が下がって自分で起き上がれるようになる。喉が渇いていなくても、次に目覚めたときには白湯をたくさん飲め。明日の朝には重湯(おもゆ)を。頭は氷か、冷水で濡らした布で冷やせ。足と身体はあたためて」

寝台から腰を上げた義宗帝は、雪英と明明に指示をだす。

明明がひとつひとつにうなずいている。雪英は必死で目を開けようとしている。義宗帝が雪英の額に柔らかく触れた。

「眠れ。後宮における宦官はすべて我が手足。その身体も私のものだ。おろそかにしてはならぬ」

言っていることは無茶苦茶だし口調も冷たいが——触れ方だけは優しく、慈しむようであった。雪英の丸い額を何度も撫(な)でる。

しばらく指先をずっと額に置いていた。

見つめるその横顔に、祈りのようなものが込められている。

言葉にしなくても――心は仕草のひとつひとつに滲んでいる。

義宗帝は誰に対しても平等だった。宦官に対しても、高位の妃嬪に対しても等しく祈りを捧げることのできる皇帝なのだ。それはとてもあたたかく――同時にひどく冷たいものにも思える。義宗帝は、つまり、特別に大切な誰かを持つことを自分自身に許さない。

「もはや私にできることはなにもない。翠蘭妃――そなたにできることももうない。別室で話を聞く」

「はい」

拒絶されるなど欠片も思っていないようで、返事を聞く前に部屋を出ていく。どこに向かうのだろうと慌てて灯籠を手にして後ろをついていくと、義宗帝はあろうことか翠蘭の部屋の扉を開けた。

「なんだこの部屋は。武器だらけではないか」

入ってすぐに立ち止まり、目を丸くして翠蘭を見る。

そういえば翠蘭の部屋に義宗帝が入るのは、はじめてだ。だいたいいつも食事どきにやってきて、当然の顔をして、食卓を共に囲むのだ。

「私の趣味です」

「……そなたは武器が好きだと言っていたな。それでそなたの褒美に剣を渡したんだった」

「はい」

義宗帝は再び部屋を見回して「防具はないのか。そなたらしいな」とつぶやく。

戦闘的で守ることに手がまわらないみたいな断定をされて、むっとする。

「ないわけじゃないんですよ？　飾るだけの壁と棚が足りなかったんです」

「どうだか」

義宗帝は小さく笑った。

「あの……雪英を心配してくれて、ありがとうございました。早く戻ってきて雪英の様子を見ることができてよかったです。怖い思いで、熱でつらいまま、夜をひとりで過ごさせないですみました」

「うむ」

義宗帝はそっけなく応じ、寝台へと近づく。腰をおろして寝具に触れる。枕を引き寄せ、膝のところでぽふぽふと叩く。

難しい顔つきでじっと枕を見下ろしてから、

「眠い」

と言った。

「眠い？」

「寝る。夜着に着替えたいがここには私の着替えはなかったな」

仕方ないと言って、義宗帝は帯を解いて上に着ていた直領半臂を脱いだ。交領衫と裙だけの姿で寝台に枕を置いて身体を横たえ、寝具のなかに潜り込む。

床に放置された帯を拾い上げ脱いだ衣類を畳みながら、翠蘭は目を白黒させている。

「寝るんですか⁉　太監をお呼びして輿を用意していただいて陛下を乾清宮までお送りしますが」

「ここでいい」

「ここで……よくないです。私の部屋なんですけど」

「案ずるな」

「今回ばかりは案じます。陛下の〝案ずるな〟は、私の案じていることと毎回、方向性が違いすぎます。もっと私の立場になって案じてください。陛下」

「龍の末裔である私に、そなたと同じ立場で物事を見よとそう申すのか……」

かっと目を見開いて横になったまままそう言った。眼光が鋭く、さすがに怖ろしい。

「いや……え、はい。すみません」

しかも皇帝はそのまま翠蘭の腕を引き、夜具をめくり上げ、巻き込んだ。

「げっ」

「鳴くな。なにもしない。ここのところ夢見が悪くて寝付けない夜が続いてな。いまいきなり眠くなった。だからいまから気を失う」

ぎゅうっと翠蘭を抱きしめ、つぶやく。

「そなたが子どもなのが、よくない。子どもは体温があって、あたたかい。眠気を誘う。そなたときたら……まるで温石だ。ぬくぬくしていて、しかも固い」

「か、固い……!? 鍛えてますからそうでしょうけど、この夏の夜に、あたたかいものと寝たら寝苦しいんじゃないで……す、か」

断言しそびれたのは、翠蘭に触れる義宗帝の身体がひどく冷たいからだ。生き物の温度とは思えないくらいに冷えている。

「……陛下っ？ なんでこんなに冷たいんですか」

「たまに、こうなる。龍の末裔なので仕方ない。寝首をかくなら、いまだ」

「寝首かいたりしませんって。なに言いだすんですか」

「うむ。わかっている。わかっているから……私は……眠くなったのだろう。私はそなたを思いのほか信頼している……ようだ」

「なに言ってるんですか。毎回毎回、陛下はわけがわからない」

わからないと言いながら——わかってしまった。

——側で眠れるくらい私のことを信用していると、いま、告白された。

「明日の朝起きたらいちばんにそなたの話を聞く。安心して寝るといい」

「は？ 寝れないですよ!? この状況で眠れるほど私の心臓が強いと思ってます？」

「思っている」

——思っているのか⁉

そう言って——義宗帝はすやすやと眠りについた。こんなにあっというまに熟睡できてしまう人間を見るのは、はじめてだ。遊び疲れたときの獣の子みたいに、ぱたりと寝落ちしている。しかも翠蘭の身体を巻き込んだまま、離さない。

「陛下……あの」

抜けようともがくが、まったく腕から出ることはできない。義宗帝は見た目の柔和さとは裏腹に、実はけっこう身体を鍛えている。宮女や宦官たちはごまかせても、于仙にしごかれた翠蘭の目はごまかせない。

義宗帝はこう見えて立派な剣の遣い手で——しかも努力の人らしい。

巻き付かれたまま、じっと義宗帝の顔を見た。とにかく美しい。そして身体からは、先ほどまでとは違う、いい匂いがした。脱ぎ捨てた着衣に染みついた匂いは甘すぎて、うっとうしかったが、髪の匂いや肌の匂いは、爽やかで、かぐわしい。

「なんなんですか、陛下。着ている服についている匂い、甘すぎでしたよ。身体からもっといい匂いがするんだから、装束に香を焚きしめるのはやめたほうがいいんじゃないですか」

くんっと鼻をうごめかせ小声で言う。

こと、義宗帝に限っていえば汗が優しい花の香りでも、おかしくない気もする。すべての不思議をよせ集めたかのような人なので。

当たり前だが返事はない。

「あと、陛下は、触れるところどこもかしこも冷たくて、怖いです。生きてるんですかあなた本当に」

これにも返事がない。

ただ、すやすやと心地よさそうな寝息だけが聞こえる。

――人の寝息って、気持ちいいよね。眠気がうつるっていうか。

そうして――。

怖ろしいことに翠蘭もそのまま眠ってしまったのであった……。

起きたのは義宗帝のほうが先だった。

側で誰かが身じろぐ気配がして、翠蘭はのびをする。変な夢を見ていた気がする。義宗帝と一緒の寝台で眠った夢だ。于仙や明明が眠る翠蘭と義宗帝を見てくすくすと笑っている。そんなことがあるわけはない。まさか。

翠蘭は、ごろんと反転し、自分を覗き込む顔を見る。

――なんか綺麗な顔が近くにあるなあ。

天女のような美貌が目の前で、もしかしてまだ夢の途中なのかもしれないと考えた。引きしまった身体がすぐ横にある。

「ほら。結局、そなたは眠れたではないか。図太い」

語りだす天女の声は、低い。

あれ、と思った。

一気に覚醒し、飛び起きようとした。

覗き込む顔に向かって、頭がのびたのに他意はない。

覗こうとした義宗帝と、起き上がろうとした翠蘭との頭がぶつかる。

ガツンとものすごい音がして、目から火花が散った。そして自分がなにをしでかしたかを把握して一気に頭から血の気が引いた。

畏れ多くも皇帝陛下に頭突きをかましてしまった。

「痛い」

義宗帝が額を押さえ、うめく。皇帝は、痛がり方ですら、鷹揚にして高貴であった。叫びもせずにゆったりと身体を起こし、細い指で額に触れる。

「すみませんっ」

翠蘭は跳ね起きて床に飛び降り、跪いて叩頭する。

「そなたは頭も固いのだな」

「はい」

「頭は望んで鍛えられる部位ではない。武器としても防具としてもいいことだ」

「はい」

「こんな目覚め方をする妃嬪は、はじめてだ。万が一、そなたを夜伽に呼ぶときは肝に銘じておこう。二度とこのようなことがないように私も気をつけるが、そなたも今回のこと心に留めおけ。二度目は許さない」

一度目は許してくれるのかと怖々と頭を上げる翠蘭を、義宗帝はまったく感情の読み取れない笑顔を浮かべ、見返していた。

＊

水月宮で義宗帝が寝ついてしまったのと、同じ夜のことである。

皇后の住まいである東の水晶宮——宮女たちが噂話に花を咲かせていた。

開いた窓から零れ落ちた月の明かりが部屋を満たしている。

藍色の空がそのまま部屋のなかまで浸蝕し、世界は、青い。まるで水底のような光景だ。

そのなかを宮女たちがさまざまな色の領巾を揺らめかせ、動きまわるさまは、水中を泳ぐ魚の群れのようであった。

芙蓉(ふよう)皇后は今宵(こよい)は夜伽に呼ばれていない。しかし夜伽に呼ばれないときであっても、皇后は誰がその夜、義宗帝の相手をつとめているのかを把握している。

夏往国から嫁いできた皇后は後宮とこの国とを見張る番人なのだ。

「今宵、絹の袋に包まれたのは充媛(じゅうえん)、夜鈴(イエイリン)だったのね。ありがとう。わかったわ」

皇后が言う。

夜伽の妃嬪は身体をあらためられ、一糸まとわぬ姿で絹の袋に包んで運ばれる。

充媛は十八嬪のひとり。水界宮(すいがいきゅう)の主である。

乾清宮に呼ばれる妃嬪は皇帝を害するものを乾清宮に持ち込まないように一糸まとわぬ姿となって絹の袋に包まれ、宦官たちによって皇帝のもとに運ばれる。

宦官たちは誰がいつ絹の袋に包まれたのかを、逐一(ちくいち)、皇后に報告する。乾清宮から帰る時間も——帰ったあとの宮の様子もすべて報告してくれている。

「酉(とり)六つの銅鑼(どら)の音と共に乾清宮にお入りになり、戌(いぬ)の刻(こく)にはお帰りになられました」

「そう。それで、陛下は、ちゃんと乾清宮でおとなしく眠りについたのかしら」

「はい」

本当かしらと、皇后は首を傾げる。

義宗帝は監視の目をかいくぐり、乾清宮を抜けだして夜の後宮をそぞろ歩く。特に夜伽を終えて妃嬪を帰らせたあとに、ひとりで出歩くことが多い。それを知っているのは宦官の太監と、皇后くらいのものなのだけれど。

——陛下は、人の隙をつくのが上手いのよ。

昔からそうだった。

夏往の国で人質として暮らしていた頃の義宗帝は、よく、宮城を抜けだして城下町を歩きまわっていた。幼少のときからずっとそう。大目玉をくらって何度も杖で打たれても、彼は脱出することをやめなかったと聞いている。

——私がはじめて陛下にお会いしたのは十六歳の春だったわ。

貧しい貴族の産まれの皇后は、嫁に出るか軍にいくかの二択で、軍を選んだ。そこに複雑な思いはない。単にお腹いっぱいものを食べられる身分になりたかっただけだ。

その後、さまざまな偶然が重なって、気づけば芙蓉は、義宗帝の従者を命じられ側に仕えて彼の行動を見張ることになっていたのだ。

——夏往国の宮廷は、義宗帝を自由にしたくなかったのよ。

そして脱出した義宗帝を打つのではなく、彼の監視をしている者たちを打ち据えるよう方針を変えた。

そのほうが義宗帝には堪えるとわかったからだ。

皇后が彼の代わりに打たれるようになり、義宗帝は心を改め、品行方正な龍となった。

義宗帝の代わりとなって杖刑を受けた皇后に、義宗帝は「すまなかった」と謝まった。

それから「ろくでもないことを思いつく国だ」とも、言った。

——たしかに、ろくでもないことを思いつく国よ。

そのとき、夏往にいた華封の男皇子は五名。全員、子が作れる身体になったのと同時に夏往国の美女が従者としてあてがわれた。

従者が全員、軍についた「女」で「容色端麗」である意味は、ひとつ。

——手をつけてもらうため、よ。

義宗帝が華封で後宮に取り込まれる前から、すべてがはじまっている。夏往国は、なにがなんでも、華封の国の〝龍の末裔〟の力を国に——女の腹とその子に——取り込もうとしたのである。

もちろんそれは義宗帝をはじめとした男皇子だけに留まらない。夏往国に送りだされた内親王たちの末路は、だいたいどれもろくでもない。誰かが龍の子を産むかもしれないという名目で、さまざまな形で内親王たちは陵辱(りょうじょく)された。

——龍の力。

華封の初代皇帝にはその力があったのだと聞く。風や水を思うがままにあやつることのできる神に近い力。その力を発揮して、華封は国を発展させた。戦争の際には自然を味方につけ、四方の敵を退けた。

——義宗帝はいつかその龍の力を発現するかもしれない。

あるいは、しないかもしれない。

皇后としてはそのどちらでもかまわない。皇后としての自分は龍の力と婚姻したが、ひとりの女としての芙蓉は義宗帝その人に焦がれた。

「下がって」

報せに来た宦官に軽くうなずいて告げると、宦官は拱手して部屋を出た。

「充媛が召されたのは、いいことね。夜鈴は美しくて聡明なのに、控えめすぎるせいか、陛下はあまりお召しにならないから、気になっていた」

椅子に座る皇后の両脇に跪き、宮女が大きな羽根扇で風を送る。

「聡明すぎるのが鼻につくのではないでしょうか。陛下は妃嬪の賢さをあまり重んじないように思います」

涼しげな青の領巾をまとわせた宮女が告げる。

「そんなことはないわよ」

と薄く微笑む皇后は、白百合の刺繍が施された上襦に、五色の胡蝶の飛ぶ裙、淡い緑の領巾を身にまとっている。

燃え上がる炎に似た赤い髪は高く結い上げられ、金の冠と金歩揺で飾っている。白皙に炯々と光るのは緑の瞳。紅を引いた唇が言葉を続ける。

「陛下が嫌いなのは〝自分を賢いと信じている〟馬鹿よ。本当に聡明な人間のことは認めてくれる」

「認めるのと、好きになるのはまた別ですわ」

「ああ……そうね。それは、そう。陛下は私のことを認めてくれているけれど、寵愛が深いかというと別ですものね」

宮女がぎょっとした顔になり目を伏せたのを見て、皇后が笑みを深めた。

水晶宮の宮女のうち、十名が夏往国から共にやって来た者たち。残りは華封の国のあちこちから召し上げた優秀な女たちだ。この宮女は〝華封上がり〟の宮女だから、皇后の性格をいまだに把握できていないようである。

「あなたは華封の娘よね」

「はい」

夏往国から来た者たちだけでは、華封の国の細かい部分まで知ることができないからと、そうしてもらった。夏往国出国の際に、それでは忠誠心に不安があるのではと問われたが、母国が同じだからというだけで得られる忠誠を皇后は信用していない。

信用とは国が同じだから得られるものではない。個が、個と向き合い、捧げられるべきものだ。

それでいくと夏往国を共に出た宮女たちのことも、皇后は信じてなどいない。もちろん敵だと思っているわけでもないのだけれど。

「気にしないで。いまのは、愚痴よ。私も陛下と同じで、真実を告げる者を責めるほど愚かではないの。私は陛下の最愛の妃嬪ではない。でも、陛下は私のことを尊んでくださっているわ。後宮のなかで絹の袋に包まれる回数が一番多いのはいつだって私。三日おきに呼んでくださる」

きっちり、三日おきなのよね、と皇后は肘掛けに手を置き、つぶやいた。

「そういうところ、陛下は女心をまったくわかっていらっしゃらない。たまには日を乱してくださったほうが、ときめきがあるというものなのに……。でも、日にちが決まっているからこそ、長い夜を楽しめる」

うつむいたまま宮女が羽根扇を動かしている。

ぬるい風が頬を撫でる。

「なのにどうして私は子を授からないのかしら」

笑顔のままつぶやくと、宮女たちがざわめいた。

「皇后さま、よく効くお薬があるそうです」

「腕のいいまじない師がいると聞きました。一度、お会いになってみてはいかがでしょう」

口々に言い募る宮女たちを見回して、皇后は「そうね」とうなずく。

「子を得るのは後宮の妃嬪の務め。だから効能のある薬を、私ひとりで飲んではならないわ。宮廷医の処方のもと、妃嬪みんなに配り、全員で試してみましょう。それならば毒を盛られても全員が死ぬだけでしょうし」

　薬を提案した宮女が絶句する。

「呪い師とも会いましょう。ただし呪い師が男なら後宮には呼べないわ。私のために身を清めて宦官になってもらって。手配をお願い。身を清めたあとで会わせてもらうわ」

「はい」

　呪い師について口にした宮女が青ざめた顔で拱手した。

「水晶宮に仕えてくれるのは、全員が仕事のできる、気の利いた女たちだわ。あなたたちとの会話は、いつもとても楽しい。これは本音よ。他になにか楽しい話はないかしら？伽に呼ばれない夜は退屈ね。なんでもいいわ。最近の後宮の噂話を聞かせてちょうだい。おもしろくない話でもかまわない」

　微笑む皇后の美貌を、灯火の炎が照らす。

　皇后の退屈を慰めなくてはと宮女たちが顔を見合わせる。静まり返った部屋のなか、ひとりの宮女がおそるおそるというように口を開いた。

　春先に幽鬼退治に一役かった春鈴（しゅんりん）という目つきの悪い宮女である。

「今半魂香（いまはんごんこう）という香がここのところ後宮では流行（はや）っております。表立って堂々と流通しているのではなく、知る人ぞ知るという形ですが……」

こうやって話題になる時点で、それはもう知る人ぞ知るものでもなく、こっそりと流通しているものでもなくなっている。

〝反〟魂香ではなく、今〝半〟魂香。

皇后もすでにその香のことは知っていた。

常に後宮のあちこちに目を光らせて過ごしているのだ。彼女の耳となり、目となる者は後宮の至るところに潜んでいる。

それでもさもはじめて聞くふりをして、興味深げな顔をしてみせた。

「今半魂香？　反魂香ならば、知っているわ。焚くと死人が蘇るというお香のことよね？　魂をあの世からこちら側に呼び戻してくれるんだったかしら」

物語に出てくる、幻の香だ。香炉でその香を焚くと、亡き人の魂を呼び戻すことができるらしい。香を使うと煙のなかにその人の姿が浮かび上がる。香が消えると、その姿もまた消える。

そして今半魂香は香を焚くことで魂の半分だけを戻すことができると噂されている。

「はい。その反魂香でございます。反魂香は伝説のなかの品物。ですが、今半魂香は伝説ではなく、現実です。それで〝今〟半魂香と名づけられたと聞いています。本物なので」

「本物っていうことは、その香を使うと亡くなった人に会えるというの？　へぇ。それはちょっとおもしろい。誰が相手でも、死んでさえいれば会えるのかしら？　私、華封の初代龍帝とその皇后に話を聞いてみたいわ」

「いえ……生きていたときに会っている相手の魂しか呼び戻せないと」

「なんだ。じゃあ、別にいいわ。死んでしまった人間に聞きたいことなんて、なにひとつないもの。どうせ泣き言しか言わないでしょうし。だって相手は死んでいるんだものねえ……」

いかにも後宮の妃嬪たちが好きそうな話だ。妃嬪たちは後宮の外に置いてきた人や物を恋しがる。過去を取り戻そうとする。死んでしまった人間に会えたからどうだというのだ。愚かな話だ。

そっけなくそう言うと、宮女は「はい」とうなだれた。

「他にはなにかないの？」

宮女たちがまた顔を見合わせる。なにも報告することがなかったからといって、皇后は彼女たちを叱りつけたりしない。

「幽鬼が……出るそうです」

しばらくの沈黙の後、やっとひとりがそう言った。

「幽鬼？　また？　春先に後宮をうろつく幽鬼を陛下と水月宮の昭儀が祓ったばかりじゃないの」

人の恨みや悲しさが集う場所には幽鬼が住み着くものと聞くけれどと、皇后が苦笑する。

「そうです。しかも今度の幽鬼は見目麗しい美女の姿をしていて、とても怖ろしいと聞いております」

「美女の幽鬼なんて、怖いかしら。私、夏往では、戦場暮らしもしていて――戦場にも幽鬼は出たけど、別に怖くはなかったわ。勇猛果敢な男の姿でも幽鬼は、幽鬼。生きている目の前の敵のほうがずっと怖い」

「戦場……？」

宮女たちがざわめいた。華封の女たちにとって戦地はとても遠い。

皇后は宝石のような緑の目を細め、部屋の隅の暗がりに視線を向ける。

「そうね。華封は、平和な国ですものね。ぴんとこないのは仕方がないわ。華封は、たぶんいま、この世のなかで一番平和な国なんじゃないかしら。私たち夏往があなたたちを守っているせいで」

華封の宮女が瞬きをし一斉に頭を下げた。

「皇后さまたちのおかげです。ありがとうございます」

女たちのさざめく言葉を身に受けて、皇后は柔らかに微笑んでいた。

「でも、そうね。美女の幽鬼であってもあなたたちは怖いのね」

皇后の小さなつぶやきは、宮女たちの耳には届かなかった。

＊

水月宮で義宗帝が寝ついてしまい、皇后が宮女たちと噂話に興じていた、その同じ夜のことである。

水清宮の宮女がふたり、それぞれに灯籠を手にして周囲を気にかけながら肩を寄せ合って、後宮の御花園を歩いている。

貴妃の花蝶に言いつけられ、賢妃の宮に頼んでいた品物を取りにいく途中であった。

「賢妃さまも、ひどいわよ。こんな夜更けに取りに来いって言うなんてねぇ」

「仕方ないわ。こっそり来てって言われたんでしょう？　なかなか手に入らないからって断っているものを、花蝶さまにだけ早めに融通してくださったんだっていうじゃない？」

「そうだけど。幽鬼が出てるって聞くのに、こんな夜に」

ぼそりとつぶやく宮女を、もうひとりの宮女が「やめてよ」と叱責する。

「よけいに怖くなっちゃうじゃないの。私、怖い話は苦手なのよ。どうしてこんな役目、命じられちゃったのかしら。もっと向いている人に言いつけてくれたらよかったのに」

ぶるりと大きく身を震わせ、叱責した宮女の足が速くなる。

「あ……ちょっと待ってよ。置いてかないで」

月が照らしだす御花園の道は、明るい。

ふたりとも、影のない道を選んで、大きな通りだけを進もうと決めていた。

暗い道は、怖い。

見なくてもいいものを見てしまうかもしれない。

と――。

先に歩いていた宮女の足が、止まる。

「どうしたの」

と後から追いついた宮女は、先を歩く宮女の視線の先に顔を向け、手にした灯籠を地面に落とす。

「あれは……」

ふたりの見つめる先――御花園の夏蛋花（プルメリア）の木の上にぼんやりと人の姿が見えた。

夏蛋花はこの地の気候に合う樹木ではない。温室で育てられ、人の背を越えて高くなったものを選りすぐり、ただこのひと夏の庭を彩るために植えられた。植えられているのはどれも五尺を越えた木で、横にも幅広く枝をのばしている。

その高い木の上に、美しい女がいる。

――人では、ない。

見た瞬間、宮女たちの血の気がざっと音をたてて引いていった。

女は、木の上に、浮いている。

上半身だけで、下がない。

大きく枝を広げた木の上に、身体を浮かせている。胴のところでぷつんと区切られ、そこから下は、木の枝と葉が見えるのみ。枝のあいまに、向こう側が透けて見えている。どことも知れない遠くを見つめている女は、長い髪をひとつに結わえ、肩から斜めに垂らしている。額に落ちる前髪や、胸の前でゆるく組んだ手や細い指。すべてが、夜の風に溶け込むように淡い光を滲ませて浮き上がっていた。

普通の人は、木の上で、上半身だけを輝かせて、飛翔することはない。

——この世ならざる者。

宮女たちは絹を裂くような悲鳴をあたりに響かせ、その場から逃げだした。

2

義宗帝が水月宮に泊まり込んでしまった翌朝である。

間の悪いことに衣服と髪の乱れた義宗帝が寝台に横たわり、翠蘭が反省を示して床に正座しているときに——明明が現れた。

「陛下……と、娘娘。これは……あの、どういう……」

扉を開けたまま固まった明明が頭に手をあて、ふらりと身体を傾げる。翠蘭は慌てて立ち上がり明明の身体を支えに走る。

「新枕をかわされたのですか……絹の袋なしで……水月宮で……。私が雪英の看病をしているあいだに……なんていうこと……」

明明がぶつぶつと小声でそう言った。

「違う。明明。誤解よ」

明明の肩をぶんぶんと揺すぶったが明明は翠蘭と目を合わさなかった。

「別にいいんです。そのために後宮に来たのだから。ただ……ちゃんと手順を踏んでいただけるものだとばかり。でも、そうですよ。娘娘に限ってあらゆる正式な手順を無視して踏みつけてしまうんだわ」

「だから違うってば。でもごめんなさい‼　雪英の看病をまかせたまま、私、寝てしまったわ」

そこは反省するしかない。びっくりするくらいすとんと寝落ちしてしまった……。

「いいんですよ、娘娘。私にはまだわからないことですが……はじめてはとても身体に負担がかかるものだと……。今日はゆっくりなさってください」

明明が労る顔でそう言った。

そして顔を赤くして義宗帝と翠蘭とを見比べ、

「陛下、朝ご飯を食べていかれますね。手のこんだものはお作りできませんが、滋養のある粥などを用意いたします。陛下の髪を整える光栄を命じていただけますか？」

と拱手して告げる。

「許す。太監に伝えて着替えの用意もさせてくれ」

「はい」

誤解を解く暇を与えず、明明は忙しく働きだしたのであった。

というわけで——その半刻後。

明明に知らされて、太監が着替えを持って水月宮を訪れた。

太監は、後宮の宦官たちの最上級の地位を持っている。つまり、とてもえらい。えらいから威張っていてよさそうなものだが、太監はいつも腰が低い。

義宗帝を見た太監の第一声は「陛下、その額はなんとされました」だ。痩身で禿頭（とくとう）の宦官の穏和な面差しに疲労が滲んでいた。

対して、義宗帝の返事は「興に乗って戯れ（たわむ）が過ぎた」だ。そのうえでちらりと翠蘭を見て苦笑した。

「このようなあたたかい抱き心地と激しい気性を併せ持つ妃嬪ははじめてであった。つい乾清宮に帰りそびれた。許せ」

とまで言い足した。誤解を解くどころか上乗せしていく。

聞いている明明の瞬きが多くなる。

——違うって！

しかしなにがどう違うかを説明しても、義宗帝と一緒に眠ってしまったことは事実だ。そして朝になって頭突きをしたと伝えたら、とんでもないことになる。玉体に怪我をさせたのだ。普通に杖刑を言い渡される。

翠蘭をかばってくれているのだと理解しつつも、もう少し別な方法でなんとかしてくれと、うつむく。しかもみんなに、なにを想像されているのかがさっぱり見えない。どんな戯れをしたら皇帝の額に傷がつく？

太監は「はっ」と頭を垂れた。

続いて、てきぱきと義宗帝の着替えを手伝いだす。誰がいようと頓着なしに衣服を脱ぎだすのは高貴なしるし。ひとりで着替えをしたことがないから、羞恥を知らないのだ。

翠蘭は急いで部屋を出た。それでも義宗帝がおかしなことを言いださないかが気になって廊下に腕組みをして、聞き耳を立てていた。

太監は明明を部屋に招き入れ「髪を整えるように」と命じた。

太監が思わずというように零すため息が聞こえてくる。

「怖れながら、陛下」

「なんだ」

「どうして陛下はこちらにいらっしゃるのでしょう」

身支度を整え終えてから、やっとそれを聞く。普段のふたりのやり取りが垣間見える。

太監はきっと義宗帝の気まぐれに、日々、振り回されているに違いない。

「皇帝だからだ。私は私の行きたいところに己の身体を運ぶ権利と義務を持っている。どこに行くかを人に言うか言わないかも私の自由だ」

「権利と義務ですか」

翠蘭は廊下でひとりつぶやいた。

他の者はみんな口をつぐんでいる。誰もなにも言い返さない。翠蘭の声も小声すぎて届いていないだろう。

権利はまだしも義務ってなんだと思ったが、問いつめたところで翠蘭に理解できるかは謎である。それにそこまで知りたくもない。

開いたままの扉からそっと顔を覗かせ、部屋のなかを見る。自分の部屋なのにどうしてこそこそと盗み見のような真似をしなくてはならないのかと思う。

明明が、太監と同じ顔つきになり疲れはてた顔で天を仰いでいた。

「ところで雪英はどうしている？」

義宗帝が雪英を気遣う言葉を投げかけると、明明が「熱が下がり、起き上がれるようになりました。いまは寝ています」と応じた。

「雪英も食事ができるのだろうか？」

「食欲はあると言うので雪英のために重湯を作りました。他にも雪英が好きなものをいくつか用意しております」

明明が答える。

「ならば今日もみんなで食事ができるのだな。楽しみだ。ではいくぞ」

いそいそとして義宗帝が立ち上がり、全員がその後ろについて出てくる。

あっと思ったが逃げそびれた。扉の側にいた翠蘭を見て義宗帝がくすりと笑った。

綺麗な顔が、秘密めかした笑みを刻む。共犯者めいた目つきが色っぽく、翠蘭の耳がぼわっと熱くなる。別になにもしていないのに、疚しいことをしでかした気分にさせられるのはどういうことか。

「良い夜であった。また寝にくる」

問い掛けではなく断言だ。「はい」しか許さない言い方だった。

「雪英には、今日は無理をさせぬように。食べ終えたらしばし休ませるがいい。私はそなたらが倒れることを望まない」

そう続ける。まどろっこしいが雪英を労っているのは伝わった。

「はい。そのつもりです」

翠蘭は慎ましく目を伏せる。

そのままみんなで廊下を歩き、餐房に入る。

明明に呼ばれた雪英がやって来た。

「寝ててもいいのよ？　重湯を部屋に運ぶよ？」

翠蘭が気遣うと雪英が「人といる方が気が紛れるのです」と小声で応じる。

「そう。じゃあ一緒に食べよう」

丸い卓のどこに誰が座るのかは、いつのまにか決まってしまっていた。窓からも扉からも遠い位置に義宗帝で、その隣が翠蘭。逆隣に太監。明明と雪英はその対面にいる。

——誰かが外から来て陛下に襲いかかったとしても守れる位置。

指摘はしないが、そういうことだ。義宗帝は意識しているのか、していないのか、いつも自らを安全な位置に置く。

そもそも、通常ならば全員が席に着くなんてあり得ない。皇帝以外はみんな立つべきだ。が、水月宮ではいつもこうだ。なしくずしにこうなって、しかもそれが義宗帝にとっては居心地のいいものだったから定着したのだろうと翠蘭は思っている。

手のこんだことはできないと言ったわりには明明はものすごく手のこんだ料理を次々と食卓に運ぶ。

柔らかく炊いた粥の上に飾り切りをした人参や蓮根(れんこん)があしらわれている。とろりと煮込んだ肉片に塩と唐辛子で味付けをした搾菜(ザーサイ)は昨夜の残りだ。

翠蘭がこだわり続けたマーラーカオに、蒸したての饅頭に、胡瓜(きゅうり)を羽根を広げた鳥の形に見立てて皿に飾った冷菜と、溢れんばかりに卓を彩る品数がものすごい。

「はい。どうぞ」

翠蘭はマーラーカオを手に取ると、ふたつに割った。割った片方に齧りつき、もう片方を皇帝へと差しだす。

どうせ皇帝は翠蘭の食べかけを皿から取って食べるのだ。不作法だとか意地悪だとかそういう話ではない。毒味係のいない食卓では、まわりにいる誰かが食べて平気なものを確認してから口に入れる。

「この宮はいつも朝からたくさんの料理を食べているな」

手渡されたマーラーカオに齧りつく義宗帝に、翠蘭は「まさか。いつもこうじゃないですよ。今日は陛下がいらっしゃるからですよ」と応じる。

「……本当でしたらもっと……もっときちんとした料理をお出ししたかったのです。晴れの日にこのような料理ですみません」

明明がしょんぼりと肩を落とした。

「そうか」

平然としてうなずく義宗帝に「いや、そこは違うって言ってよ」と思う翠蘭だった。翠蘭と義宗帝は「晴れ」ていない。

太監が複雑な顔で粥をすすっている。

どう訂正したらいいのかとマーラーカオを食べながら考え込む翠蘭に、義宗帝が言った。

「ところで幽鬼についてだが」

「あ、はい」

そういえばその話をするために義宗帝は水月宮に泊まったようなものだった。翠蘭はちらりと雪英を見る。倒れるほど弱っていたのに、いま、また幽鬼のことを思いださせても大丈夫だろうか。

美味しいご飯を食べながらするような話かと思ったが、どの時間帯に話しても物騒なことには変わりない。夜になって話すより朝の日差しのなかで語るほうがまだましかもしれない。

「雪英には見鬼の才があるのか」

義宗帝の問いに、雪英が拱手して目を伏せて答える。

「才はございません。奴才は幽鬼を見ていないのです。黒い影と怖ろしい気配を感じただけでございます」

「昭儀は見たと言ったな？」

「はい。私は相手の顔を見ました。甲冑姿の髭面の男でした。でも私にも見鬼の才はないと思います。ある日突然見えるようになることもあるなら、そうかもしれないけど——幽鬼らしいものを見たのは、はじめてでしたもの」

粥を掬(すく)って、冷まして、食べながら話す。

薄味に仕上げた粥の上に載せた肉が柔らかく、甘からい。飲み込んでから、名残惜しい気持ちで、義宗帝に器を押しつける。

以前、気を遣って匙(さじ)を取り替えたら、側にいた太監が即座に新しい匙を取り上げ、その匙に毒がついていないか検分していた。それから、いちいち匙も器も取り替えなくなった。取り分けもしない。口をつけて、そのまま義宗帝に渡す。

「場所は御花園の茂みと言っていたな」

義宗帝は翠蘭から渡された粥を食べはじめる。ひとくち食べて、またひとくち。目を細め、うっとりとした顔をする。明明の料理は美味しいから、その表情は当然のものだ。

「ええ。木蓮と躑躅の植えてあるところです」

「そうか。御花園はよく幽鬼が現れる場所のひとつだ。死者となっても美しいものを見たがるのだとしたら、人には死んだ後も心が残っているのかもしれないな」

悲しげな口調で実際に御花園で幽鬼をよく見かけているような言い方をする。

「太監」

「はっ」

「紙と筆を用意し昭儀に男の幽鬼の似姿を描かせよ。幽鬼であれ、生きた人間であれ、似姿を貼りだして問えば、その男を知っているという者が現れるかもしれぬ」

義宗帝の言葉を聞いて明明が「……それは」となにかを言いかけ、口をつぐんだ。

太監が立ち上がるより先に雪英が紙と筆と硯を用意しようとする。翠蘭は慌てて雪英に走り寄り、その手から紙や筆を奪い取る。

「雪英は座っていていいのよ」

「でも……」

義宗帝も「そなたを休ませろと命じた」と眉を顰める。義宗帝にまで言われて雪英が

「ひっ」と小さく息を呑み、椅子に座った。

「うちの雪英を脅かさないでください」

「脅していない。ただなにを語っても威厳が滲みでてしまうだけだ」

胸中で「はいはい。そうでしょうとも」とうなずく。実際、そこに座っているだけで高貴だし威厳があるし——としみじみ義宗帝の顔を見てから、視線をそらした。

——完璧な顔なのに、額にたんこぶ。

あの、たんこぶをつけたのは自分だと思うと反省と懺悔の言葉が脳内でぐるぐると渦巻く。

仕方ないので似姿を描くことで不手際を挽回したい。

翠蘭は食事の手を止め、墨を磨った。普段なら明明に「食べるときは食べることに集中して」と叱られるところだが、皇帝の命なので誰もなにも言わない。翠蘭は紙を卓に置き、さらさらと筆を走らせ、似姿を描きだす。

思い返すまでもなく男の姿はくっきりと脳裏に刻まれている。髭に甲冑。長身で体格がいい。浮かんだその姿を、筆先に宿し、迸る思いを乗せて描ききれば、それでいい。

しかし——翠蘭の筆先を凝視する面々は、翠蘭の絵が完成に近づくにつれ、目を泳がせ「いったいこれは」とか「人か？　いや、妖怪か？　なんだ？」などと言いだした。

「できたわ」

うん、とうなずいて翠蘭が筆を置く。

みんな食事の手を止めて、翠蘭の絵を食い入るように見つめている。義宗帝の眉間に険しいしわが刻まれている。明明と雪英の眉尻は困り果てた形で下がっていた。太監はなんの感情も読み取れない「無」のような顔になっている。

「もしかしてここが顔か」

と義宗帝が翠蘭の描いた男の胸を差す。

「なに言ってるんですか。そこは甲冑ですよ。甲冑の模様にちょっと力入れすぎちゃったかな。これ、顔面じゃないし、目とか鼻じゃない。甲冑の模様と汚れです」

「では、甲冑のここが胸で、このあたりが頭か。――で、顔のこのへんを覆っている、この、夜空に浮かぶ雲を先鋭的に描写したようなものはいったいなんだ」

「なにって、髭ですよ。立派な髭です。長いんです」

「髭か……」

義宗帝と翠蘭のやり取りを明明が絶望的な顔つきで聞いている。

「……怖れながら、陛下。翠蘭娘娘は……」

明明の小声に、義宗帝が「みなまで言うな。わかった」とうなずく。

「うん。ちょっと思うところがある。そなた、一旦その男の似姿は置いて、私の似顔絵を描いてみよ」

また妙なことを言いだしたなと思ったが相手は皇帝だ。

「かしこまりました」

返事はそれしかないし、描くしかない。

次の紙を取りだし、翠蘭は思いのままに義宗帝の美を紙に描いた。わりとうまく描けたと思う。特に髪の毛のつやつやさらさらとしたところが、きちんと表現できた。

「ふむ。そなたには私がこう見えているということか。暗黒のなにかを後ろに引きずる異形である。感慨深いな。太監、この絵は私に似ているか」

義宗帝の言葉に、太監がさっと顔を伏せ、拱手する。

「奴才ごときに翠蘭娘娘の見ていらっしゃる世界について語れる資格などございません。お許しを」

うまく逃げたなと、思う。

「わかってますよ。私、絵は下手です。でも一生懸命描いたんですよ。描きたくて描いたわけじゃないし、描けって言うから……」

ちょっと、拗ねた。

「そうだな。私が命じたし、そなたはがんばった。よく、やった。そなたの絵は好ましい。味わい深い、良い絵だと思う」

にこりと微笑んでそう告げ、翠蘭の機嫌をとる。味わい深いかどうかはいいが、好ましいと感じてくれるのは本音のようだ。目の奥がすっと澄んで、柔らかい色合いになったから、伝わった。

「──さて、ところで、私の知る限りではこんなに豊かな髭をたくわえた女性はこの後宮にいない」

義宗帝は真顔でそう言って、最初に描いた似姿をしみじみと眺める。

「この絵を模写させよ。この絵と同じ姿を後宮で見かけた者がいないか調べよ」

続いて、太監にそう命じた。

明明が「え」と絶句し、雪英が目を丸くしている。

「そして、昭儀──そなたは、いまのところ、この男の姿を目視した唯一の人間である。この男の正体を突き止めることを命ずる」

「……はい」

そういうことに、なってしまった……。

義宗帝はたくさん食べて、満足し、機嫌よく太監と共に去っていった。髭の男の似姿と、義宗帝の似姿も持って帰った。切った木蓮の枝も太監に持たせ、皇后にも宦官にも報告してくれると請け負った。

明明と翠蘭のふたりは、翠蘭の部屋に戻った。

「私の絵、持っていっちゃったね」

ぽつりと言うと、

「そうですね」

と明明が応じた。

そうして、顔を見合わせてため息を漏らす。

「娘娘、無茶です。無理です」

「なにが？」

「娘娘の独創的な絵に似ている人が見つかるとは思えません。あれは似姿ではないでしょう。あんな見た目の人間がいるものですか。幽鬼だとしてもあれはひどすぎる」

明明は両手で顔を覆ってうめく。そこまでひどい絵だったろうかと翠蘭はしゅんとなる。

「あれを参考にしたところで、なにが見つかるというのでしょう。陛下はどうして娘娘に難題ばかりを押しつける」

椅子に座り頭を抱え込む明明の肩を翠蘭はぽんと軽く撫でる。

「大丈夫よ」

「なにが大丈夫なんですか。娘娘はどうしてそんなに楽天的なんですか」

虚ろな目で明明が翠蘭を見上げた。雪英を寝ずに看病し、朝になったら義宗帝が翠蘭の部屋で寝ていたのだ。明明にとって昨日から今日は、嵐に揉まれたような一日だったことだろう。

「だって陛下は幽鬼を〝見つけろ〟って命じなかったもの。〝正体を突き止めろ〟って言ってたわ」

「同じじゃないですか」

「陛下にとっては違うはずよ。前回もそうだった。癖のあるお方だから、なにかしら別な思惑があるんでしょうけど」

「あ」

　と明明が口に手をあてるから何事かと思って見返すと、昨夜、翠蘭が畳んだ義宗帝の服がまだ水月宮に置いてあった。

「私の描いた似姿は二枚とも持って帰ったのに、脱いだ服を置いていくなんて」

　翠蘭の言葉に「本当に」と明明が応じ、衣服を手に取った。

「洗ってお返ししたらいいのでしょうか」

「そうね。きっとまたご飯を食べにくるから洗って置いておくといいよ。マーラーカオを三個も食べてたうえに〝今日はごま団子はないのか〟って言ってたよね」

　明明は義宗帝の衣服に鼻を押しつける。眉を顰める明明に、

「その香り、濃すぎるよね」

　と翠蘭は側に寄る。

「はい」

昨夜よりは薄れているが、甘く粘つく香りが布から立ち上っている。

「香を焚きしめなくてもいい匂いなんだから、ここまで甘くしなくてもいいのに」

その言葉に明明が顔を真っ赤にしている。

「え……なに。どうした明明」

「陛下はまたお泊まりになられるのでしょうと、そういうことを娘娘はおっしゃっているのですよね」

「いや、違う」

「わかりました。着替えを常に用意しなくてはなりません。いついかなる宿泊にもお着替えをご用意できるように。水月宮の宮女として新しい衣装を縫って用意いたします。これはそのために置いていってくださったんですね。これと同じ大きさのものを縫えという見本ですね。おまかせください。私、縫い物は得意です」

「明明がなんでも得意なのは、知ってる。だけど……縫わなくていい」

と言ったが、明明は聞く耳を持たなかった。そういうところは明明も、翠蘭と似た者同士なのである。思い込んで突き進む。

明明は義宗帝の衣装を手に意気揚々と部屋を出ていった。

残った翠蘭は百合の刺繍を襟元に入れた淡い桃色の短い袍と、濃いめの藍色の下衣姿に着替え、髪を整える。

命じられたことはすぐにやってしまいたい。

今日のうちに、髭の幽鬼の正体を調べてまわらなくては。

「皇后さまには陛下が先に伝えてくださるでしょうから、後でいいとして——いきやすいところ——賢妃のところがいいかしら」

賢妃の位を賜っているのは楊惜音（ようせきいん）。西の清明宮（せいめいきゅう）を預かり、陛下に尽くしている。

惜音賢妃は裕福な商家の出だそうで、後ろ盾がものすごい。後宮内で不足なものや、特別に欲しいものなどがあるときは、宦官に頼むよりまず賢妃に声をかけると入手が早い。

ちなみに水月宮の鶏の購入も、賢妃に頼んだ。雪英に「宦官にお願いするより賢妃さまのほうが滞りなく進みます。しかも宦官よりは安くすむことが多いです」と教えてくれたからだ。

そういうわけで、清明宮は人の出入りがとても多い。宮女たちも明るくほがらかで、事前に問い合わせをしなくても、ふらりと出向ける気安さのある宮だった。

翠蘭はいつもの癖で愛用の棍を手にした。

剣を下げようか悩んだが、妃嬪に会うのに剣は不要かとやめておく。棍も不要かもしれないが、武器が手にないと落ち着かない。

餐房に戻ると——明明が卓に突っ伏して、眠りについている。卓の上には義宗帝の服が畳んだまま置いてある。手元であらためているうちに眠ってしまったようだった。

——徹夜だったものね。

雪英も、明明の隣でぼんやりとして椅子に座っている。翠蘭の姿に慌てたように立ち上がりかける雪英に「座ってて」と笑いかけた。

本当は寝台で横になったほうが疲れがとれるのだけれどと、翠蘭は眠る明明の顔を覗き込む。

ぐっすりと寝ている。

明明を起こしたら、きっとまた働きだす。

「このまま寝かせておきましょう。雪英も今日は休んでいるといいわ。陛下もそうおっしゃっていたでしょう?」

翠蘭は雪英にそう告げ、水月宮を後にした。

清明宮は翠蘭の水月宮の倍の広さがあった。

この宮の門戸は常に開け放されている。

朱塗りの柱の上に大きく張りだされた檐(ひさし)は金の縁取りに羽ばたく鶴と青い阿芙蓉(あふよう)の花が交互に入り交じった文様があしらわれている。

すべてが手抜きなく磨き込まれ、入ってすぐの廊下に飾られているのは雲龍紋が浮き彫りになった実に見事な堆朱(ついしゅ)の花瓶であった。

入ってすぐに宮女が翠蘭を認め、足を止める。

「翠蘭さま」

ぱたぱたと小走りで走ってきた宮女の眉娘(びじょう)が翠蘭を見上げ、胸の前で両手をあわせ笑顔になった。

桜色の石が揺れる銀の歩揺をふたつにまとめた髪に垂らしている。

「眉娘、今日は髪をふたつにわけて結ってみたんだね。いつもの髪型も綺麗だけど今日の髪型は愛らしいな。その桜色の石もよく似合っている」

さっと手をのばして歩揺の石を軽く揺らして笑いかけると、眉娘が照れた顔になった。

「翠蘭さまは今日もかっこいいですね」

「お世辞でもあなたに言われると嬉しいよ。ありがとう。――賢妃さまはいらっしゃるかな。教えてもらいたいことがあるんだけれど」

「賢妃さまはいま庭の四阿(あずまや)にいらっしゃいます」

「取り次いでもらえる？」

「もちろん。お部屋で座って、少しお待ちください」

賢妃に会うまでに待つ部屋は、地位にあわせていくつかある。

廊下を歩いていく途中で手前の部屋を眺めたら、どうやら翠蘭だけではなく、三人ほど先客がいるようだ。

——妃嬪の、十八嬪以下の人たちね。

充媛の夜鈴の顔がちらりと見える。記憶にある姿より、痩せている。それをごまかすためなのか、化粧が濃い。あとは正二品の立場より下の、小さな宮を与えられた側女たちだ。たしか瑞麗と、春礼だったか。

開いたままの扉の向こうから、甘い香りが風にのって運ばれる。鼻腔をくすぐったのは、昨夜の義宗帝の袖から香ったものと同じ匂いであった。

「この匂い、流行ってるのかしら」

ふとつぶやくと先を歩く眉娘がさっと振り返り「なんですか」と聞いてきた。

「部屋から甘い匂いがして」

顎で差し示したら「あ」と眉娘がそそくさと走って、開いていた扉を閉める。

「閉めなくても……」

嫌だという意味で伝えたわけではなかったのにと言葉を紡ぐと、

「ごめんなさい。私が、あんまり好きじゃないんですよ。あの匂い。頭が痛くなっちゃって」

と眉娘が眉尻を下げた。

「あれは今半魂香っていうんですよ。でも、内緒ですよ。私が教えたっていうのも内緒にしといてくださいね。あれ、決まった人にしか売ってないんですよ。異国から取り寄せていて少ないものだから」

――今半魂香？

「流行ってるっていうほど、たくさんの人には売ってないはずです。特有の香りですよね。甘ったるいでしょう？　あれを焚きしめた後は、ずっと髪や服に匂いが染みついてなかなか取れない。香を焚くだけじゃなく、本当は、刻んで、煙管につめて煙を直に吸うものらしいんですけど」

「香なのに？」

「煙管につめるのは、香とは違う配合のものを使うらしいですけどね？　後宮の妃嬪が使うのに煙管じゃあみんな買わないんじゃないかって、賢妃さまが配合をかえて試作を重ねて作り上げたらしいです。だから今半魂香は、正真正銘、この後宮でしか売ってない品物なんですって。そう言われるとみんな一度は使いたくなるみたい。希少だからものすごく高いのに」

「へぇ～」

「でも――私は苦手なんですよ。翠蘭さまは、あの匂いをさせないでくださいね」

眉娘が困り顔のまま小声でそう言った。

――希少な香なのね。

不思議な名前だと思いながら話を聞き、眉間にしわを寄せた眉娘に笑顔を向けた。

「眉娘に嫌われてしまうなら、使わない」

「そうしてくださいませ。約束ですよ。こちらで待っていてくださいね。賢妃さまに、翠蘭さまがいらしたことを伝えてきますから」

広い部屋に翠蘭を通し、眉娘は去っていく。

ひとりでぽつんと座って待っていると、すぐに眉娘が戻ってきた。

「賢妃さまの来客がお帰りになられました。いらしてください」

廊下を歩いて庭へと出る。賢妃の庭は広く、小さな自然を模して整えられている。出てすぐにあるのは竹林だ。青々とした竹が自然の柵と迷路を形成し、歩いているうちに道がわからなくなり迷いそうになる。

地面は落ちた笹の葉で覆われている。足音をさせずにこの庭を歩くのは難しい。竹の葉を揺らさずに歩くのもまた難しい。

——耳をすませば、どこから人が来るのかがわかる庭。

その庭の奥の四阿でしか商談をしない賢妃。

それだけで楊惜音の素地が理解できる。用心深く、賢い女性なのだろう。

盛り土でしつらえた山に岩を置き、引きこんだ水を上から流した滝水が泉に注いでいる。

泉を越えた先に四阿がある。

眉娘は慣れたもので、竹林のなかをうねうねと続く、道ともいえない道を辿り、先を進む。

案内がなくても四阿に辿りつけるとは、まだ言ったことがない。が、たぶん翠蘭はひとりで四阿を探しだせるだろう。時刻によって角度の違う太陽の位置を確認しながら、滝の音に近づいていけば、四阿の位置はわかる。

ただしどうしても足音はさせてしまう。だから四阿で耳をすましている賢妃に存在を勘づかれることなく近づくのは無理だろう。

といっても、こそこそと四阿に向かう必要はいまのところまったくないので堂々と足音をさせて、ぶらぶらと眉娘に続いて四阿の入り口をくぐり抜けた。

賢妃は卓に載せた竹簡を見つめ、頬に指をあてて考え込んでいた。

「賢妃さま――拝謁(はいえつ)をお許しいただきありがとう存じます」

拱手して礼を述べると、賢妃は顔を上げ、

「ようこそ、いらっしゃいました。堅苦しい挨拶は抜きでいいのよ。どうぞお座りになって」

と自分の前の椅子を勧めた。

「はっ」

眉娘が椅子を下げる。翠蘭は上着の裾をさっと後ろに払って腰かける。

「眉娘、翠蘭さまにお茶を淹れて差しあげて。――今日のお茶は白牡丹のお茶よ。私の故郷の泉州の産なの」

出された茶碗は玻璃細工だ。

「暑いときには冷たいものが飲みたいでしょう？　白牡丹のお茶は、水で淹れても美味しいのよ。ひと晩、水のなかで茶葉を寝かせておくの」

口をつけると、さっぱりと爽やかな味がした。

「美味しいです」

翠蘭の言葉に賢妃は目を細めて、うなずいた。

惜音賢妃は、どこか笹の葉を思わせる、すっきりと整って涼しげな美貌の主だ。爽やかな香りをさせているが、触り方を間違えると指を切られそうな印象も含めて、彼女はまさしく竹林の奥の四阿の主にふさわしい。

滑らかな白い肌に、切れ長の漆黒の双眸。薄く、形の整った唇を彩る紅の色は石榴の赤だ。爪もまた唇と同じ石榴の色に染めている。

山吹色に鈴蘭の刺繍のゆったりとした上襦に、胸のすぐ下で石榴の色の帯を巻いている。夏の葉の色の裙には、上襦と同じ鈴蘭の花が刺繍されていた。

髪を高くひとつに結い上げて銀に赤い瑪瑙の歩揺を飾っている。

いつも綺麗に着飾っているが――それもまた商いのためだ。彼女の出で立ちを見て「それが欲しい」と妃嬪や宮女たちが買い付けをねだる。後宮の服や化粧の流行を引っ張っているのは間違いなく賢妃だ。

適当なところで新しいものを取り入れて、妃嬪たちに買わせる。購買欲をかきたてるために、自身が常に美しくあろうとする。

「賢妃さまはご多忙でいらっしゃるから、手短に用件を話します。まず鶏が欲しいです」

「また？　このあいだ三羽、用意したばかりよ。あなた後宮に養鶏場でも作るつもりなの？　大きな規模のものを作るようなら、しかるべきところに許可を取ってもらわないと困るわ。誰が、どこを通じて、鶏を仕入れて渡したかで揉めることになるもの」

「どこかに許可を取ったら養鶏場が作れるんですか？」

そこまで考えていなかったが庭いっぱいにたくさん鶏を飼って過ごすのもいいかもしれないとちらっと思う。産みたての卵がたくさんあれば毎日さまざまな菓子や料理を食べられる。

「作れるわ。ただ、あなたが自分で許可を取るのは難儀する。雌鳥三羽を手に入れるにもけっこうあちこち駆け回ったでしょう？　面倒よ」

「はぁ……」

「相応の対価をもらえるなら私が手配をしてもいいけれど？」

卓に肘をついて組んだ指の上に顎を載せ、翠蘭を見返す。

賢妃は、皇后との仲も良く、義宗帝の覚えもめでたい。宦官たちにも細やかに配慮して、必要に応じて賄賂も渡す。

本人が言うとおりに、翠蘭ができなかったことをするするとやってのけてくれるだろう。

そもそも後宮に嫁いだ理由が「実家の商いを広げるため」だと漏れ聞いている。

後宮に嫁ぐ妃嬪たちとその実家に向けての商売を開拓しようと意気込んで嫁ぎ、野心を隠すことなく公言し、誰に対しても笑顔でものを売りつける。

「ただし念のために伝えておくけれど、雌鳥しか飼えないわよ」

「え？　雄鳥は駄目なんですか？」

「当たり前よ。後宮に陛下以外の男性を引き入れるのは禁忌なの」

「鶏であっても？」

さすがに驚いて聞き返す。

「ええ。鶏であっても」

「羊ももしかして雌だけなんですか」

「そうよ」

「象も？」

「象……？」

いぶかしげに見返され、翠蘭ははっと口を噤む。こんなに有能な賢妃ですら後宮で象がこっそり飼われていることを知らないようである。

「そうなると池の鯉もみんな雌だったんですか？」

話を逸らすために別な生き物について尋ねる。

「鯉は……雄もいるかもしれないわね。あれは水のなかの生き物だから」

「水のなかだと雄がいてもいいんですか？　人間の男がいてはならないのはわかるんです。後宮に陛下以外の男性がいたら、誰かが不義を犯すかもしれないし——不義を犯したと疑われたり、言い立てたりしあう可能性もありますし——だったら面倒事の芽を摘むためにはなから男はひとりとして入れないのは理解できてます。でも鶏や羊は、人間の男じゃあない」

翠蘭は首をひねる。

「あら、あなた、華封の後宮の在り方に異議を唱えるの？」

賢妃がおもしろそうな顔をして翠蘭に問いかけた。

翠蘭は、はっと息を呑む。うっかり、言わなくてもいいことをまた口にした。冷たいもので首筋を撫でられたような心地にとらわれて、首を横に振る。

「……いえ。そんなつもりはございませんでした」

「いいのよ。ここでは私たち以外は誰も聞いていないのだし、本音をおっしゃって。華封はろくでもないことを思いつく国よ。後宮のこれも、ろくでもない決まりだと思っている妃嬪もいるでしょうね。私たち、どうがんばっても鶏や羊の子を産めないもの」

「………………」

「でも後宮を作った初代の皇后がそのように定めたらしいわ。皇帝ではなく、皇后よ。どう思う？」

「どう……と言われても……」

面食らったまま言葉を濁す。本音を語れと言われても、困る。それに正直な気持ちは「どうでもいい」だ。ろくでもないといえばそうだし、だからってどうしても雄鳥や雄の羊を後宮に入れるべきだと憤るつもりもない。

「変なことを聞いてしまったわね。ごめんなさい。後宮のしきたりについて、あれこれ言うつもりもないの。私にしてみればそれはどっちでもいいことだから。あなた、どうしても雄鳥が欲しいの？」

「いえ……いらないです。別に」

「どうやら華封国の皇帝は水龍の末裔だから、水のなかで暮らす生き物には寛大らしいわよ。だから後宮でも魚の類なら雄もいるかもしれない。〝雌だけしか許されないから雌を買ってきて〟と言われたこともないし、許可がおりなかったこともないから」

思案しながら賢妃が組んでいた指をほどく。竹簡の横に置いてあった筆を手に取って硯の墨に筆先を浸す。

「翠蘭さまは鯉も欲しいの？」

「いりませんよ。食べられないもの」

　はいと伝えると注文のための証書に名前を書くことを要求される。次々と賢妃のもとを訪れる後宮の客たちをあしらっていかなければならないから、彼女は常に時間に追われているのだ。

「食べられるわよ。鯉。美味しいわよ」

「そうですけど……自分の庭で飼って、餌付けをした鯉、食べないですよ。後宮では他に食べられるものがたくさんあるし」

「そうだったわね。翠蘭さま、山育ちだと卑下されるけれど、ご実家は商家で裕福ですものね。後ろ盾が頼りない妃嬪じゃあなくて、よかったわね。金があるってのと後ろ盾が強いっていうのは、しあわせなことよ」

　賢妃が笑った。翠蘭も笑みを返した。その通りだから否定はしない。

　翠蘭の実家は翠蘭を幼いときに山に捨てたが、金は惜しまなかった。翠蘭の侍女にと、幼い娘――明明を買い上げて、共に于仙に預けたくらいだ。いまも、なにかを買いたいと願うときに使っている資金はすべて実家の張家から渡されたものだ。今後、金や物が不足しても、手紙を出したらきっとある程度は融通してくれるだろう。

　沈黙が落ちる。四阿に近づいてくる足音がする。

誰だろうと顔を上げると——入り口に顔を覗かせたのはまだ若い宦官——呈和(ていわ)であった。雪英よりもさらに幼く、八歳になったばかりだと聞いた。浄身したての宦官が下働きを経ずに、妃嬪の側に仕えるのは珍しいことらしく、雪英が「呈和は、清明宮にすぐに入れて、賢妃さまの覚えもめでたく、よかった」と話していた。物覚えがよくて、気の利く宦官なのだろうとも言っていた。

「賢妃さま、陛下より、急ぎの触書がまわってまいりました」

拱手して告げた言葉に、賢妃はちらりと翠蘭を見てから「陛下からの急ぎの触書なら、いま見るわ。こちらに」と軽くうなずいた。

呈和が手にしていたのは——翠蘭の描いた甲冑姿の男の似姿である。どうやら即座に模写をさせ、すべての宮にまわしたようだ。早い。

「この絵の人物に心当たりのある者は申しでるようにとのことです」

うやうやしく差しだされた絵を賢妃が眉を顰めて受け取る。

「そう。これは——なに？」

翠蘭は軽く目を閉じ、うつむいて呼吸を整えて、言う。

「甲冑姿の男です」

「男？」

「ここが頭で、これは兜です。顔の下半分が出ていて、そこにあるのは髭です。そしてこっちは甲冑です。これは胴体です」

ひととおり説明すると、絵を持ってきた宦官も含めてみんなが感嘆の声を上げた。説明されるまでなんだかわからなかったらしい。なんなら説明されてもわかっていないのかもしれない。

「——最近、後宮で男を見かけるという噂を聞いたことはないですか？」

ついでに聞いた。

鶏も欲しかったが、清明宮に来たいちばんの目的はこれを聞くことである。

「ないわ。後宮の地面を歩ける生き物は女と宦官と陛下だけ。男はいない」

「この絵は、後宮で見た男の似姿です」

「ずいぶん事情に詳しいのね」

不審そうに聞かれて「私が見たんです。あと、これを描いたのも私です」と伝える。

賢妃がじっと翠蘭を見返してから、手元にある硯と筆を押して寄越す。傍らにあった紙束から一枚、紙を滑らせ「もうちょっとちゃんと描いてみてくださる？　筆がよくなかったのかもしれないわね。違う筆を貸すわ。色をつけてくださってもよくてよ」と笑顔になった。

軽く手を叩くと、呈和が傍らにある棚から絵の具を取りだし捧げ持ってくる。見たことのない絵の具がたくさんある。黒だけじゃなく赤に緑に茶に白もある。筆もいくつも出してくる。

仕方なく翠蘭は筆を取り、うなりながら描いた。男の印象は殺気と甲冑と髭だ。真っ黒い殺気を背景にした不穏な姿で、荒々しくて、髭は長く立派。そして手にしていたのは長い剣。

ちらちらと翠蘭を見ながら賢妃もなんとなくというように、もう一本、筆を取りさらさらと絵を描きだす。あっというまに紙の上に男装の女性の姿が描きだされる。髪をひとつに束ねた小さな顔。口角を下げ唇を引き結んだ生意気そうな顔立ち。

——私だわ。

翠蘭の姿を描き上げ、賢妃が筆を置く。

「賢妃さまは絵が上手い」

「あなたは下手ね」

賢妃の頬に笑みが浮かぶ。

「それでもいま描いたほうが、まわってきたものよりは、まあ、ましね。こっちの絵には、首があるし、手で剣を握っているのが伝わるわ。甲冑を茶色にしたから、人体とは別だとわかるようになった。これは、兵士ね。赤が使われていないってことは、血は流れてないし怪我もしてないのね」

そう言って賢妃は翠蘭の絵を引き取って「髭の男」「手にしているのは剣」「甲冑を着て

いて、頭には兜」などと但し書きを入れてくれた。そうすると絵だけよりずっと判断がしやすくなった。

——陛下も、こうしてくれたらよかったのに‼

「後宮には宦官と陛下しかいないから忘れがちだけど、そういえば大人の男は髭を生やすものだったわね。私の故郷では髭は美男子の条件だったわ。強そうな男が、もてるのよ。私、実は恋人がいたのよ。秀英(しゅうえい)って男で、髭があって、強そうな素敵な男だった。翠蘭さまのところではどうだったの？」

「髭のあるなしじゃなく、相手の気を読んで強さを量れと、育ての親に習ってました。恋人はいませんでしたね。私より強い相手じゃないと好きになれない気がしたし、私より強いのはいつだって于仙だったんです。あ、于仙は育ての親で……」

賢妃が笑顔のまま「あなたに聞くんじゃなかったわ」とさくっと応じた。

「ところで、この男を見たことがあるかどうかを陛下は知りたいのね？　私は見覚えはないけど、みんなはどう？」

眉娘と呈和に見せる。ふたりとも「知りません」と首を横に振る。

「しかも後宮で見たって、あなたはそう言うの？」

「はあ……そうなんです。だからもしかしたら幽鬼かもしれないと思ってます。こういう見た目の幽鬼を見かけるという噂は聞いてますか？」

「男の幽鬼は、知らないわね。後宮では幽鬼ですら、女か宦官なのよ。眉娘、あなたは男の幽鬼の噂を聞いた？」

賢妃が眉娘に尋ねると、眉娘は「女の幽鬼の話は聞きましたけど、男は……」と首を傾げる。

「女の幽鬼はまだ出るんですか？」

以前、祓った幽鬼の正体は、変装した皇后と花蝶だ。花蝶はもう出歩かないはずだが、皇后はたぶんずっと黒衣で顔を隠して夜の後宮をうろついているから、幽鬼に見間違われているのかもしれない。

「後宮に幽鬼はつきものよ。祓っても祓っても出てくるわ。長い月日を重ねているんだから、不幸な話を持つ宮もある。そこで死んだり、誰かを恨んだり、嫉妬したり、愛しあったり――しあわせなこともあれば、つらい話もある。人がこれだけいるんだから、幽鬼も出るわよ。でも後宮の外だって同じでしょう」

賢妃がさばさばとそう言ってお茶を飲む。空になった器にお茶を注ぎながら、眉娘が「でも」と口を挟む。

「でも最近の幽鬼の話は、怖いんですよ。昨夜なんて御花園の茂みの、人間は歩けないような低いところの枝をがさがさ揺らしてコツコツコツって地面を突く音がしたんだそうですよ」

——それはもしかして水月宮を逃げだした鶏の鋭鋭ではないだろうか。

思いついてしまったが、言いだしかねた。許可を取って飼った鶏を逃がしたとなると、もしかしたら怒られるかもしれない。早急に鋭鋭を捕まえて対処せねばと決意する。

「それとは別に、ひと月前くらいから、御花園の木の高いところにも幽鬼が出るんですよ。上半身だけしかない女の幽鬼がぼおっと浮かんでいるんですって。こっちも怖い。上半身だけですよ？　しかも……その幽鬼、徳妃さまらしいんですよ」

最後の言葉は小声になった。傍らにいた宦官が、眉娘の言葉にぴくっと震えた。雪英もそうだが、子どもの宦官たちは幽鬼を怖れるものなのだろう。雪英の友だちである、皇后のところの春紅も怖がりだった。

「徳妃さまは夏往国で生きていらっしゃるでしょう。死なない限り幽鬼にはなれないはずよ」

賢妃が言う。

「だから、怖いんじゃないですか。幽鬼になって現れてるってことは、つまり」

——徳妃は夏往国で殺された？

「眉娘、めったなことは口にしてはいけないわ。そんな噂をばらまいては、あなたに不吉と不浄が移る。聞かなかったことにしておくわ。翠蘭さまも、この話は忘れてくださる？」

「はい」

「幽鬼も、この男も私は知らないわ。それから、呈和、こちらの絵も陛下にお渡ししてきて。最初の絵よりわかりやすくなっている」

呈和が「はい」とうなずいて、絵を手にして部屋を出た。

「それで結局、翠蘭さまが欲しいのは鶏一羽だけなのかしら」

「はい。そうですね。いまのところはそれだけです」

賢妃は「わかったわ。あなたはいつも堅実ね。もうちょっと贅沢をしてもいいのではない？」と鶏一羽の値段を竹簡に書きつけ、翠蘭の前にすっと滑らせる。渡された筆で署名をし、返す。

「鶏が届いたら連絡するわ。眉娘、今日のお茶の葉を翠蘭さまのために少し持たせてあげて。水で淹れる作り方を書いた紙も袋に添えてね」

賢妃がにっこりと笑いかけて、言う。

「今日の茶葉のお代はけっこうよ。明明にも飲んでもらいたいと思っただけだから」

それで水月宮に戻って明明に渡し——明明がお茶を気に入ったら、あらためて翠蘭は茶葉を買いにくるだろう。それを狙って、いま、少しだけただで渡してくれる。商売人だなあと、しみじみ思う。

「次は明明も連れていらっしゃいな」

「はい。そうします」

「眉娘、翠蘭さまをお見送りしてさしあげて。ついでに、次に、充媛さまたちを四阿に通してちょうだい。彼女たちが欲しがっていたものを今日お渡しできることになったからと伝えて」

眉娘が「はい」と拱手する。

翠蘭も椅子から立ち上がり拱手して、四阿を後にした。

水月宮に戻ると、明明はもう起きていた。

「起きたのね。疲れてるでしょうから、もう今日は部屋に戻って休むといいわ。雪英もよ。まだ本調子ではないのでしょう？」

雪英と明明はふたりでぼんやりと餐房の椅子に座っている。

翠蘭の声に顔を上げこちらを向いたふたりの目が潤(うる)んでいる。

「やだ。どうしたの。ふたりして……泣いてたの？」

慌てて駆け寄って明明の顔を覗き込む。兎の目になっている。鼻の頭も少し赤い。

「なんでもないんですよ。ただ、素敵な夢を見て、起きたらちょっと涙が出てきちゃって。故郷の山に戻って、于仙に雪英のことを紹介するんです。そうしたら于仙が〝明明、おまえ、ちゃんとこの子に食わせてやっているのか。こんな細い腕じゃ、戦えないぞ〟って笑うんです」

いかにも于仙が言いそうなことだから夢だなんて思えなくてと、明明が鼻をくすんと鳴らした。

目覚めてしまったことがちょっと寂しくなっちゃって、と明明が恥ずかしそうに続ける。

「おまけに、不思議なことに、雪英も私と似たような夢を見たっていうもんだから」

「雪英も？」

「はい。娘娘がお出かけになってから、一度、明明さんは起きたんです。奴才と少し話をしてからまた眠られて……明明さんが寝てるところを見てるうちに奴才もつられて寝てしまって……はじめは、見たことのない山のなかでぽつんとひとりでいる夢でした。悲しくなって泣いてしまったんです。そうしたら、夢のなかで明明さんがやって来て、奴才の手を握って、〝大丈夫だよ。ひとりじゃないから。私たちがいるから〟って」

「おかしいでしょう？　目が覚めたとき、私と雪英、手をつないでたんですよ？　同時に起きて、お互いにつないでる手を見て、ちょっと笑っちゃって……」

「明明さんも奴才も泣き顔だったのも、おかしくて」

照れくさそうに雪英が告げる。

「私たち夢のなかできっと一緒の山を歩いてたんだわ。私、雪英に、私たちが育った山の景色を見せたかったから、たとえ夢でも嬉しくて。なんにもないけど、なんでもある――綺麗な山だったでしょう？」

明明と雪英が交互にふたりの夢を翠蘭に教えてくれる。雪英は腫れぼったくなっているまぶたを擦ってから、

「はい。きっと一緒の夢を見ていましたよね。もう少し寝ていたら、僕も、于仙さんに会えたのかなあ」

いつになく子どもっぽい言い方で、つぶやいた。

「私だけ置いてけぼりでふたりで夢のなかで遊んでいたのね。ずるい。ずるいけど、許す。明明、夢の続きを見ておいで。部屋でちゃんと寝て」

ほら、と明明の手を取って立ち上がらせて廊下に追い立てる。

しかし明明は「食器をまだ洗っていないので」と働こうとする。

こうなってしまっては絶対に休んだりしないのだ。知っている。

「じゃあ私もやるから食器洗いは三人でやろう。ひとりでやるより早くすむ。明明が疲れてるから、休ませたいの」

後ろの言葉は雪英の耳元で小声でささやくと、雪英が「はい」とうなずいた。

雪英も明明には休んでもらいたいらしい。

明明は先に立って歩いていってしまう。働き者すぎるなとつぶやいて、雪英と翠蘭は明明の後を追いかけた。

「明明だけじゃなく、雪英にも休んで欲しいんだけどなあ」

と続けると、雪英が、

「ごめんなさい」

と謝罪した。

「なんであやまるの？　なにも悪いことをしていないのに」

「ですが……熱を出してしまいました。それにあまりにも怖がりすぎていた気がします。翠蘭娘娘はすごく勇ましいし強いのに、奴才はこんなで情けない。ごめんなさい」

雪英は、真面目すぎると翠蘭は思う。

翠蘭は、生真面目な雪英に我が儘を言わせたいのだが、翠蘭にはうまく雪英を甘やかす技術がない。

――義宗帝は、さすが、皇帝だけあってうまいんだよなあ。

自分が我が儘を言い、他者に命じることで、仕えてくれる者に休養をとらせることができるのだ。あれに見倣う部分があるのは少ししゃくだけれど、上に立つ者には、上に立つ者としての気の配り方があるのだと、翠蘭は、義宗帝から学んでいる。

少し考えて、翠蘭は雪英に提案する。

「どうしてもなにかを詫びたいというのなら、明日から、私の暇つぶしにつきあって。一緒に、書を学んでちょうだい」

「書を学ぶのですか。申し訳ございません。奴才は文字をよく知りません。できないです」

雪英が小声で言う。

本当に申し訳なさそうに肩幅を狭くして、身を縮めて言うから悲しくなる。

「なに言ってるの。できないからこそ、学ぶのよ。できる人と一緒に勉強しても私のためになんてならないの」

雪英は字が書けない。そして読めない。最近になって翠蘭はそのことを知った。

——私たちは于仙にいろんなことを教えてもらった。そのうえで、自分がなにを好きか、なにに適しているかを知っていった。やりたいことを見極めて、突き詰めたいことを深めていった。

そういう選択の手段が、いままで、雪英には、なかったのだ。

「ひとりでやるより誰かと一緒のほうが楽しいわ。それに私はどうしてもやってきたことが武に特化している。剣の扱いはそこそこできるのに、筆はいまひとつ」

「そんなことは……」

「絵も下手だし」

雪英は「う」と言葉につまった。字は即座に否定したのに、そんなに自分は絵が下手なのだろうかとうなだれる。自分ではそこそこ描けているつもりなのだが。

雪英は言葉を探すように、ゆっくりと、つかえながら、話しだす。

「で、でも……陛下が娘娘の絵は味わい深いとおっしゃっておりました。それに描いていただいたものを大事に胸のなかに入れてお持ち帰りになられましたから。上手い下手は絵には関係ないのです。きっと」

「雪英は……いい子だなあ」

笑いながら、こつんと肩をぶつける。雪英の耳がぽわっと赤く染まった。

＊

水清宮――。

貴妃の司馬花蝶が宮女を幼い声で叱責している。

星を宿した漆黒の瞳に、艶やかな花のごときぽってりとした唇。牡丹の花を思わせる美貌の持ち主だが、花蝶はやっと十一歳になったばかりの子どもであった。

端境期の者特有の瑞々(みずみず)しいあどけなさが彼女の美貌に独特の色香を添えている。

黒に銀糸と金糸で舞い踊る蝶と百合の花を刺繍した上襦に、白い領巾。裙も白。真珠を飾った銀の歩揺が揺れる。

ここのところ貴妃は身体のどこかに白をまとうようになった。刺繍の糸も白でそろえた、まっさらの白は、喪(も)の色だ。自分に忠実であった亡き宮女――月華(げっか)のためにそうしている。

月華が、最期まで貴妃のことを慈しんでくれたことを知ったからだ。

「そなたらがきちんと務めを果たさないから、賢妃は今半魂香を他の妃嬪に売ってしまったではないか。貴重な香だから次にいつ手に入るかわからないと手紙が届いた。まったく……」

使いを申しつけた宮女ふたりは、しおしおとうなだれている。

かつての貴妃は、こんなとき、すぐにかっとなって怒りにまかせて、宮女たちにひどい罰を与えていた。

だが、もうそんなことはしない。かんしゃくを抑える術を身につけた。いつまでも子どものままではいられないと、貴妃自身がそう思ったせいだ。

——優しく妾(わらわ)を導いてくれた月華はもういない。

だが、貴妃は、姉のように母のように慕った宮女がいなくなっても、この宮で、生きていかなければならないのだ。

「すみません。ですが幽鬼に会ってしまったので……怖くて」

宮女が言う。

「あの、よくわからない似姿のか……？　あの絵は水月宮の昭儀、翠蘭が描いたと聞いているが」

今朝、宦官たちが「この似姿に見覚えのある者は申しでるように」と得体の知れない生き物の絵を置いていった。

続いて午後にはまた別な絵の具で描かれた色つきの似姿がまわってきた。

「たしかにあれが夜に現れたら怖ろしいであろうな……」

どこが顔なのかが、まず、わからない絵であった。二枚目の絵はまだしも人体であったし但し書きがついているので「髭」と「甲冑」と「剣」の区別はついたのだけれど。

「いいえ、あのような姿ではなかったのです。もっと、ちゃんと人の姿をしていました」

宮女がおそるおそる小声でそう言った。

続けてもうひとりの宮女が、

「……木の上に上半身だけ漂っていたのだとはいえ、人だとわかりました」

と、隣でうなずく。

「ああ、そうよね。足がついていなかったわ。それがとても怖かったのよ」

「しかも徳妃さまによく似た面差しで」

「後から考えてぞっとしたわよね。本当に徳妃さまに似ていたのよ。あの目、鼻、口元……しかも木の上で遠いのに、顔立ちがくっきりと見えていたのが……」

宮女たちは震えながら次々に訴える。

──徳妃？

貴妃の心の奥がちくりと痛んだ。

「徳妃によく似た幽鬼？　まさか。徳妃は死んではおらぬではないか。夏往国で妃嬪としての務めを果たしておると聞いておるぞ。そなたらは、なんて怖ろしいことを言うのだ」

貴妃が低い声でつぶやく。

「あ……」

宮女がふたりとも慌てた顔になり口を噤んだのを見て、貴妃は眉を顰めた。

「死を軽々しく口にしてはならぬ。あれは心に痛いものじゃ。どうあがいても、もう二度と会えぬところに旅立ってしまった者だけが、幽鬼になるのだ」

貴妃はうつむいて、静かに続けた。自身の心の奥にいる「もう一度会いたい」相手を辿りながら語る声は、自然と、頼りなく切ないものになる。

――妾はもう知っている。決してもう会えない場所にいってしまった者を想う心を、知っているのだ。

「はい」

宮女たちがかしこまって拱手する。

うなだれるふたりを見つめる貴妃は、ふと首を傾げる。

「だが、そなたたちの見た幽鬼は興味深い。妾も、見てみたい」

――徳妃は、妾の大切な月華を奪った皓皓党（こうこうとう）の身内。

どうしてそうなったのかを貴妃はまだよく理解していない。貴妃が把握しているのは、皓皓党とは反乱軍であり、義宗帝を亡き者にしようとしたこと。そしてその企みを知ったせいで月華が殺されたこと。しかも皓皓党が、月華の自死を偽装したということ。それだけしか知らない。

が、それだけを知ればもう充分ではないか。

——妾は、徳妃と皓皓党を許さない。許したくない。

もしも徳妃が幽鬼となって後宮に現れたのだとしたら、それを見届けたい。自分にはそうするだけの理由があると、そう貴妃は思った。

「え？」

驚いたように目を丸くする宮女を見返し、貴妃が言う。

「もちろんひとりで探すのではない。妾にはまだそんな力はない。闇雲に動いても良いことにはならない。妾は子どもだ」

貴妃は自分の手を見下ろす。白く、まだ小さい。

——けれど、妾の手足は年のわりには大きいと、そう昭儀は言ってくれていた。

水月宮の昭儀——翠蘭の言葉を思い返し、貴妃は手のひらを握りしめる。もしかしたら自分は大きくなれるのだろうか。強くなれるのだろうか。頼りない我が身ひとつだけではなく、この先、愛おしい者が現れたときにはその相手を守ることができるのか。

——妾はどうして月華を死なせてしまった？

なにも知らなかったからだ。後宮で誰が、どんな争いをしているのか。華封の国がどのような国で、義宗帝がどうしてここにいるのか。

そもそも自分含め、後宮に集う妃嬪たちが国の生贄であることも。

「水月宮の昭儀の翠蘭に頼もう。翠蘭は妾に蝶を捕まえてくれた。遊びにいくと剣も教えてくれる。翠蘭ならば幽鬼を探す手伝いもしてくれるだろう。なあ、そう思わぬか？」

ふたりの宮女は互いに目配せをしてから、

「はい。水月宮の昭儀さまは、すでに一度、幽鬼を祓ってくださいました」

「きっと此度の女の幽鬼も祓ってくださるかと思います」

と交互に告げた。

「うん。昭儀のところにいく。支度を」

貴妃は宮女たちに命じ、椅子から立ち上がった。

＊

賢妃は筆を硯の横に置き、眉娘と共に翠蘭が四阿を去っていくのを見送った。

「昭儀は、後宮のしきたりを、ろくでもないとまでは思っていなかったのでしょうね。困った顔をしていたわ。素直に思ったままを口にして、危ない目に遭いそうな娘だこと」

賢妃は自分が「ろくでもない決まりだと思っている妃嬪もいるでしょうね」と言い放ったときの翠蘭の顔を思い返し、そう口にする。

翠蘭は、あのとき、とんでもないことを賢妃に向かって言ってしまったし、言わせてしまったと狼狽(うろた)えた顔をしていた。

「私は……ろくでもない決まりだとは思えないし、そう決めた初代の皇后さまのお気持ちがわからないでもないのよね」

嘆息し、結い上げた髪の付け根をひとさし指で軽く揉む。

最近、疲労が溜まっていてときどき鈍く頭が痛む。

——想う相手と添い遂げる姿を見て、羨む者もいる。

賢妃は、はじめにそのしきたりを聞いたとき、そう思ったのだ。

後宮の動物の番(つがい)を見るのを厭う皇后がかつていたのだ、と。

賢妃自身がそうだったからだ。

賢妃は想い人との仲を引き裂かれて後宮に嫁がされた。故郷にいる愛おしい男に心を残したまま、もう二度と会えないこれからを飲み込んで覚悟を決め、絹の袋に包まれて義宗帝の乾清宮に運ばれた。

だからたとえ動物であろうとも、幸福そうに寄り添っている恋人たちを見たら妬(ねた)ましく感じるだろう。

いまでもそうだ。見たくない。幸福な恋人たちなど後宮に入れてなるものかと思っている。

賢妃の実家は、泉州の大きな商家である。

楊家の商いは手広くて、頼まれればありとあらゆる物品を取り寄せ、売った。首都である南都は皇帝の名のもとに市が制度化されていたが、地方は役人たちの目が行き届かずに、その代わりに商人たちによる「行」という同業組合の力が強い。

賢妃の父は、泉州の「行」の一員であり、貿易港を取り仕切り、外国商人たちとも取り引きをしていた。

海外との取り引きが許されている商人は公行(コホン)と呼ばれているが、楊家はその公行の家である。

――欲しいものは、なんでも父が与えてくれた。

幼いときから、賢妃は、飢えたこともないし、ずっと絹の衣装を身にまとってきた。

それはずいぶんとしあわせなことなのだと、わかっている。

過去を思い返しながら、賢妃は四阿でひとり、白魚のごとき自分の綺麗な手を見下ろす。

左手の中指を飾るのは銀と真珠の指輪。右手の薬指と中指を飾るのは銀の繊細な透かし彫りが美しい細い指輪。なんの見分けもつかない子どものうちから、高価な装飾品で飾られてきたおかげで、いつのまにか宝石と加工の目利きになった。

父は賢妃のことを「目端の利く、良い娘だ。おまえは母によく似ているな」と優しく見つめ、撫でてくれた。大きな手のひらで髪を撫でまわされると、賢妃は誇らしさと嬉しさで胸が躍った。

賢妃は、楊家の正妻の子ではない。

真実の母はもとは娼家で春を売る妓女であった。美しく賢い女であったらしい。だからこそ父は、母に入れあげ、娼家を引かせて家を持たせた。けれど惜音を産んですぐに母は、あっけなくこの世を去ってしまった。

賢妃だけ母が違う。

それを教えてくれたのは誰だったか。たしか兄か姉のどちらかだ。

教えられて納得したのは、父しか自分を撫でなかったからだ。

母や親族、そして店の使用人たちの態度が冷たいことを感じ取っていたからだ。

腑に落ちて、以来、賢妃は身の程を知った。

出しゃばることなく、まわりの役に立つ子どもとして生き——役に立つ大人になろうと努力した。

賢妃の知る「母」は、養ってくれた楊家の正妻だけである。恰幅がよくて、大きな声の、目つきが鋭い遣り手の女傑。賢妃の他に、正妻が産んだ子は男が三人に女がふたり。男ふたりは賢妃より年下で、やんちゃで、目が離せない悪戯小僧。「母」は「弟」を見るのに大忙しだった。

父はおとなしい賢妃のことだけを毎日、店先に連れていく。幼い時分からずっとそうだったから、いぶかしく思うことはなかった。

それが父の真心と優しさだといつしか賢妃はそう信じていた。

その優しさに応えたかった。

自分が娼家の女の娘だからこその引け目を、賢妃は己の才覚ではねのけようと必死だった。正妻の子たちより出来がよいと認められたくて、たくさん学んだ。算盤を弾くことを覚えた。文字の読み書きも早くにできるようになった。己が美しいことを自覚してからは、美を磨くことにも熱心になった。

だいたいいつも店の端でちんまりと座っていたので、商売のやり方も見聞きして、立ち居振る舞いも含めて、盗めるものは盗んできた。帳簿の書き方も、じっと見て、覚えたのだ。誰かが教えてくれたわけじゃない。

そうやって頑張ってきたというのに。

——本当に欲しいものはいつも私の手をすり抜ける。

「昭儀には恋しい相手がいなかった……。あるいは、恋しい相手を振り捨てた自分の不幸に酔えない女なんでしょうね」

小さな笑いがふと零れ落ちる。

翠蘭は、自分より幸福そうな誰かを見たときに、それを妬ましいと思わないでいられる清らかさと健全さを持っている。

賢妃とは、違う。

昭儀翠蘭はなんでも、持っているのだ。

——昭儀は、自分の足で歩けるし……。

もちろん賢妃だって自分の足で歩くことは、できる。でもあんなふうに堂々と速く歩きまわることはできない。長い距離も無理だ。

優美な女のしるしとして纏足(てんそく)で足を縛られたのは、賢妃が三歳のときだ。

——私の姉たちは、自分の足で歩けるのよ。同じ女だというのにね。

賢妃だけが、足を縛られて、着飾って、店の表に陳列でもされるように置いておかれたことの意味を、賢妃は三年前に知ったのだ。

——三年前、後宮に嫁げと、そう言われた。

そのために楊家は、賢妃を引き取ったのだ、と。姉たちは大事な娘たちで、後宮などにはやれない。だが、誰かが泉州から妃嬪を出さなくてはならない。そこそこにいい家で、後ろ盾があって、行儀作法をきちんとしつけられた美しい娘を。

——だからおまえを引き取った、と。

父が賢妃を店に置いておいたのは、優しさではなかった。商いを学ぼうとする姿勢を認められたわけでもなかった。装飾品が映える容色を称えられてのものでもなかった。逃げないように見張るためだった。

「愚かだったわね、私は」

賢妃はそのとき二十歳で——はじめての恋で浮ついていた。

相手は泉州の州兵だ。一兵卒の「何者でもない」ただの男。

——けれど、あの人は私の足を〝かわいそうに〟って撫でてくれたのよ。

一緒になれるなんて夢は見なかった。相手はただの一兵卒の男で、賢妃は楊家の纏足の美しい娘だ。焦がれる目をして見つめられ、その視線に酔って頬を赤くし、目を潤ませる。それだけがふたりの恋のすべてだ。

心に甘く愛おしいそれを、賢妃は、大切な飴を口のなかで転がすみたいに、ずっとずっと舐め続けている。

──結局、なにもかも手放すことになってしまったからこそ。

後宮に入ることを告げたとき、男はそれでも「逃げようか」とそう言った。小さな声で、耳元で「さらっていくこともできる」と。

「そんなこと望んでないわって、私は、咄嗟に言い返して。それが最後だったわね」

この足で、どこに逃げられるというのか。

家のなかのことなんて、賢妃はなにひとつできやしないのだ。美しく着飾ることと、算盤と商売しかできない。

「愚かだったわね。私は。どうしてあの人の手を握り返さなかったのかしら。試してみることすらしなかった」

後宮に嫁いでしばらくのあいだ秀英から何通も手紙が届いていた。宦官の検閲を経て宮に運ばれるような当たり障りのない内容のそれを、賢妃は胸をときめかせて受け取った。故郷の季節の移り変わりや、どうでもいいことばかりが書いてあったのが、いかにもあの男らしくて。

いまも手元に残していて、たまに読み返す。

「去年だったわね。断れない相手との縁談が決まったから、もう手紙は出せない。これでしまいだって……」

どうかしあわせになって欲しいと、そう書かれていた。

最後に届いたその手紙だけは、焼き捨てた。

賢妃は、かつて自分はひとりの男と恋をしたという、そのまろやかな記憶と、彼の手を取って逃げて自由になればよかったという後悔を舐めながら、毎回、乾清宮の褥に赴いている。

賢妃がなにをどう思っていようが義宗帝は気にしない。


「でも」

昭儀は、と、自分の身の上と比べ、独白が零れ落ちる。

「昭儀は違う。そもそも、昭儀は、正直に気持ちをなにもかもを顔に出してしまって、大丈夫なものかしら。私とは真逆ね。あれで、幽鬼を祓った手練れと宮女たちにちやほやされているのもどうかと思うわねぇ。後宮には男はいないから、背が高くて中性的な宮女や、整った顔立ちの宦官にみんなが心をときめかすのは仕方ないとしても――あんなにまっすぐすぎるようではねぇ」

眉娘も翠蘭をうっとりと見ていたと思い返す。

「素直で正直で清らかな昭儀に後宮の不浄を祓ってまわられても、困るわよ。後宮には汚れた生き物だっている」

――皇后さまとはうまくいかなくても、陛下の覚えは、めでたい。

義宗帝は、未熟な者を好む。

義宗帝自身はそれを自覚していないはずだが、賢妃からすると、そう見える。

たとえば貴妃である司馬花蝶が、そうだ。年齢のせいもあり、彼女は繊細でひ弱だ。保護欲をそそる彼女に対して、義宗帝はひどく過保護で、甘い。

もっとも貴妃に対して過保護なのは、義宗帝に限った話ではなく、皇后もそうなのだけれど。

──皇后さまは、己の敵にならない者には、甘い。

「……ということは、皇后さまが嫌う翠蘭は、皇后さまの敵たり得る者なのかもしれないわね。だったら、私のほうに取り込むことができるかしら。いや……やっぱり無理かしら。まっすぐすぎる」

どうしようかと手を組んで思い悩んでいるうちに、眉娘が今度は充媛を連れてきた。

「充媛さまです」

「ああ、来たのね。お座りなさい。ちょうど今半魂香が売れ残ったの。あなたにお渡ししたいと思っていたのよ。煙管につめるのはまだ手配はできないから我慢して？　香は、あとで私の足がわりの呈和に持たせるわ。他に、なにが欲しいの？」

「……他にはなにも。私の気持ちをわかってくださる賢妃さまとお話をしたくて参りました」

「そう」

後宮に来たときははちきれんばかりの若さに満ちあふれていたが、いつのまにか彼女はしおれてしまった。高く結わえた髪に飾られたのは桃色の夾竹桃（きょうちくとう）を模した銀細工の櫛と銀の歩揺だ。桃色の領巾を肩に霞（かすみ）のようにまとわせた彼女の顔色は青く、目の下には隈（くま）が浮いている。

眉娘が充媛のために椅子を引く。

賢妃は、自分はこうやって、ろくでもない国のろくでもない後宮で生きて――死んでいくのだと思いながら、充媛に商い用の笑顔を向けた。

3

翠蘭の描いた似姿はあちこちで混乱を巻き起こしていた。但し書きがついた絵ですら、あまりにも異形すぎて怖ろしいと噂され、気の弱い宮女や宦官は似姿のせいで悪夢を見て飛び起きるようになったと聞いている。

そうやって似姿が後宮内を出まわり――翠蘭が宮をひとつひとつ訪れて甲冑の男に見覚

えがないか聞いてまわって一週間が経過した。

さすがにあれは人間ではなく、幽鬼だろうと、翠蘭ですらそう思っている。

しかし翠蘭の絵にまどわされているのか、必要な情報が入ってこない。翠蘭の耳に届くのは、朝や昼に「コッコッコッ」と鳴いて走りまわる幽鬼と、夜になると歩きまわるらしい巨大な幽鬼と、木の上に漂う上半身だけの女の幽鬼のことばかりである。

――鳴くのはうちから逃げた鶏の鋭鋭。夜に歩きまわるのは陛下がこっそり飼ってる象よ。

しかし徳妃に似た女の幽鬼の、正体はわからない。

――わからないけど、徳妃さまに似た幽鬼のことは調べなくてもいい。陛下に言われたのは甲冑の男の正体だけだし……。

と、女の幽鬼は無視して過ごしていた翠蘭だったが――。

予想もしない方向から、翠蘭に「女の幽鬼を探してくれ」という頼み事がやってきた。

「頼みがあって、参ったのじゃ」

水月宮の餐房――花蝶が重々しい口ぶりでそう告げたとき、翠蘭は明明手作りのマーラーカオに齧りついていた。もちろん訪れてくれた花蝶の目の前にもマーラーカオの載った皿がある。

「そうなんですね。私にできることでしたら、なんなりとおっしゃってください。でもまず、明明のマーラーカオを食べてくださいね。花蝶さまのところで食べさせてもらってあまりに美味しかったから、作り方を水清宮の宮女に教わって、明明に作ってもらったんです」

どちらが美味しいという優劣については語らず、でも、花蝶にも「明明のマーラーカオ」を食べてもらいたい。

「ふむ。わかった。いただこう」

花蝶は明明のマーラーカオを小さく手でちぎって口に運んだ。小鳥みたいな食べ方だ。

「……美味しい」

目を丸くした花蝶に翠蘭は得意になって胸を張った。

「でしょう？」

翠蘭はその正面に座り、半分に割ったマーラーカオの残りに齧りつく。

明明がふたりのためにお茶を淹れてくれる。花蝶がいるので明明は椅子に座らず、部屋の隅で目立たないようにして立っている。

花蝶が口元を手巾で拭いて、椅子の上でもぞもぞと尻を動かして姿勢を正し、翠蘭を見た。

かしこまったので、翠蘭もつられて背筋をのばす。

「幽鬼を探したい。でも妾ひとりでは心許ない。翠蘭に手伝ってもらいたい」

と、花蝶は、そう言った。

「幽鬼を？　花蝶さまも？　陛下になにか言われたんですか？」

聞き返したら「陛下は関係がない」と返された。

「前にいらしてくださったのも幽鬼の話をしたかったからですか？」

「うむ」

この一週間のあいだに何度か、翠蘭の留守のあいだに花蝶は訪れてきてくれたとのことだった。

ちょうどそのとき翠蘭は他の妃嬪たちや宮女たち、宦官たちに話を聞きにいったり、自分が幽鬼に襲われた御花園のあたりを調べてまわったり、逃げた鶏の鋭鋭を探して茂みを這いずったりと忙しくして、すれ違ってしまったのだ。

「そういえば、そなた、陛下に命じられ怖ろしい幽鬼を探しておるのだったな。妾の宮にも宦官たちが絵を持ってきた。そなたあれをやっつけたのか。すごいな」

「やっつけてないですし、お目汚しです。ごめんなさい」

翠蘭は苦笑いを浮かべ返事をする。

――どうして義宗帝は私の描いた絵を配ったんだろう。

翠蘭の絵は幽鬼騒ぎをさらに混迷させている。こうなることがわかっていながら、あの絵を後宮中に配っているのだとしたら、またもや義宗帝は、なにか別なことを企んで翠蘭にさせているような気がするのだ。

――幽鬼の〝正体を突き止めろ〟って言っていたし。

考え込む翠蘭を前にして、花蝶が話しだす。

「だが妾が探したいのはあの絵に描かれた怖ろしい幽鬼ではない。女の幽鬼じゃ」

「女の幽鬼ですか……。ひと月くらい前から目撃されていると聞いてますが」

後宮の御花園をはじめとして、植えられている樹木の上に上半身のみの女の幽鬼が現れるらしい。どことも知れぬ遠い方向に視線を投げた女の幽鬼は、いつも、あやしく輝いているのだという。

花蝶が小声になる。窺う顔をして翠蘭を正面から見上げる。

「妾が幽鬼が徳妃に似ていると聞いたのは一週間前じゃ。うちの宮女が深夜に出かけて、御花園でその幽鬼を見かけて怖ろしくて逃げ帰ってきた。妾はそのときもうすでに寝ていて、起きてから、話を聞いた」

花蝶は手にしていたマーラーカオに視線を向ける。翠蘭とマーラーカオを交互に見てから、手でちぎるのをやめて、大きく口を開けてマーラーカオに齧りつく。もぐもぐと動く口と、丸い頬が愛らしい。

「以前よりその噂はあったそうだが、宮女たちは、あえて幽鬼の噂は妾の耳に入らないようにしていたようだ。妾が傷つかないように気をつけてくれていたのだろうと思っている」

幽鬼と徳妃。

たしかにそれは花蝶にとってはあまり心地のいい話ではないだろう。

「自分たちが実際に見て、妾に頼まれた用事を済ますこともできずに逃げ帰ってきて、叱られてやっと口にした。その幽鬼は、本当に徳妃に似ているらしい。それはどういうことなのだろうな？」

「どういうこと、とは？」

花蝶が整った綺麗な顔をわずかに歪(ゆが)める。

「もし徳妃の幽鬼が本物ならば、徳妃はもうこの世にはいないということだ。それを夏往国に問い合わせる術は、妾にはない。だから、妾はこの目でその幽鬼を見たい」

「見て、どうしたいと言うのです？」

「……わからない」

「わからない？」

「妾の大事な月華が殺されたのは皓皓党がらみだということだけは、知っている。徳妃と、その腹の子が関わっていたということも。妾はだから徳妃を憎んでいる」

花蝶の双眸に熾火(おきび)のような光が灯る。

「どうしたいかは、わからない。ただ、見たい。徳妃なのかそうではないのかを見届ける義務が妾にはあると、そう思った。妾は徳妃の幽鬼を祓いたいとは思わない。だが、ここに留めたいとも思わない。斬れるものならば刃で斬りつけたい。そうしたらきっと、妾はなにかを成し遂げた気持ちになれる。妾のこの、徳妃と皓皓党が憎いという思いは、よくないことか？」

即座に答えを出すことができなかった。

「よくないとは言えない。けれど、よい思いだとも言えないですね。私も、大切な人を誰かに殺されたら、その相手を憎むし、恨むでしょう。私はあまりきちんと物事を考えずに動いてしまいがちな人間だから、もしかしたらすぐに相手を探し、斬りつけるかもしれません」

「そうか。陛下とそなたは、綺麗事を言わない。でも妾の納得する答えをくれることも少ない」

花蝶がぽつりとつぶやく。

「ごめんなさい」

謝罪した翠蘭を花蝶が見返す。口元にマーラーカオのくずがついている。

「花蝶さまは、幽鬼が怖くないのですか？」

「その幽鬼による。見てみないと、なにもわからない」

「そう」

立ち上がって、花蝶の側に近づく。菓子くずを指でつまむと、花蝶が瞬きをして口元をごしごしと手の甲で拭った。

「そなた、妾に剣を教えてくれると前に言ったたな？　剣を教えるついでに一緒に幽鬼を探してくれないか。そなたにできることを、なんなりと申しつけている。駄目か？」

「なんなりとって言いましたけど……」

力いっぱい拭ったものだから、綺麗に塗られた紅が剝げて、唇からはみだした。どれだけ美しく着飾ろうとも、ふとしたときに子どもでしかない彼女自身が滲んでしまう。自分自身のためにしている化粧ではないから、落ちようと気にも留めない。

それが、愛おしく、そして悲しい。

「そなたが共にいってくれなくても妾はひとりで幽鬼を探すつもりじゃ」

絶対に決意を翻すことのない強い意志を秘めた目でそう言われ——翠蘭は結局「わかりました。ならば一緒に幽鬼を探しましょう」とうなずいてしまった。

自分がまだまだ子どもだと自覚しているからこそ、翠蘭は子どもに頼まれると断れないのであった。

というわけで——翠蘭と花蝶は一刻後、御花園を、水清宮の宮女ふたりを連れて歩きまわっていた。

まず最初にいったのは、水清宮の宮女たちが幽鬼を見かけたという場所だった。水清宮から賢妃の清明宮にいく途中の道である。

夏の日差しがあたりを白く灼いている。夏蛋花の甘い匂いが、肌にまとわりつく。汗が滲んで、どこか気怠い午後である。

怖ろしいものなどなにひとつないかのような開けた空間を、けれど、宮女たちは怖々と歩いている。びくついて周囲を見回すふたりがあまりにも不安そうなので、翠蘭はふたりの肩に手をまわし「無理を言って、ごめんね。ありがとう」と声をかけた。

翠蘭に肩を抱かれたふたりが同時にぴくっと身体を跳ねさせる。

「どこで見たかだけを教えてくれたら、もうそのまま自分の宮に帰ってくれていいわ」

と翠蘭が言うと、

「いえ、そんな」

ふたりとも弱った声をあげ、花蝶を見た。花蝶は翠蘭たちのすぐ横を無言で歩いている。ちらりとこちらを見て、そのままつんとまた前を向いた。帰っていいとは言わない。そうなると、宮女たちは自分の主を置いて宮には戻れない。

「大丈夫。なにがあっても私があなたたちを守る」

いつもの愛用の棍を掲げ断言すると、宮女たちがほっとしたように笑みを浮かべた。

「夏蛋花の木の上って言っていたわね」

「はい」

翠蘭は後宮に来てはじめて夏蛋花の木を知った。薄桃色の綺麗な花で、甘い香りがする。いかにも夏の花だと思う。真上から降り注ぐ陽光に負けず、しおれず、つやつやとした緑の葉をのばし、小さな香り高い花がひとかたまりの房で揺れている。

「あの木です」

脅えた様子で夏蛋花の木のひとつを指さした宮女は、それ以上は足が進まないのか、顔を強ばらせて固まっていた。

「ありがとう」

と告げ、翠蘭はさっと目当ての木に走り寄る。

「この木であってる？　けっこう高いね」

宮女たちがこくりとうなずいたのを見て、翠蘭は幹に手を触れ、思案した。並んで植えられているどの木より幹がしっかりして太い。ひときわ高いこの樹木の「上」に幽鬼がいた意味と理由を考える。

——幽鬼にだって現れる意味も理由もあるんじゃないの？

違うのだろうか。

低い位置で枝わかれして幹をのばしているが、そのぶん、足や手をかけて登りやすい樹形であった。体重をかけることで枝が折れないようにさえ気をつければ、するりと登り降りができる形の樹木である。

「他の木は細いけど、唯一、このなかでこの木だけは途中までなら登れそう。だって真ん中の幹は相応に太いもの。根もともしっかりしているわ」

そう言って、翠蘭は枝のひとつに手をかける。少し押してみる。経験則に基づいて、このしなり具合と音ならば、いけそうと踏んで、腕に力を込めて身体を持ち上げる。足をかけて、次の枝の物色をする。

いきなり木に登りだした翠蘭を見て花蝶と宮女たちが目を丸くしている。

花蝶がはっとした顔でついてこようとするのを見て、片手で制する。

「そこで、待っててください。この木の枝は、ふたりも支えられない」

声をかけ、いけるところまで登ってみる。どんな木でも、どんな体型の持ち主でも、木に登るときに頼りにしようとする枝は、だいたい同じだ。登るにつれて、枝が細く、頼りないものになっていく。次に手や足をかけられる枝を——と探した翠蘭の視線が、一点で、止まる。

——折れている。

断面は、ぎざぎざに尖っている。刃物で切ったのではなく、力ずくで折られたのだ。それとも誰かが翠蘭と同じように登ろうとして、負荷に耐えられずに折れてしまったのか。

それ以上、登るのは諦めた。

見上げると、枝と葉のあいまにちらちらと青い空が覗く。

「ひとつ聞いてもいいかしら。私の足、下から見えてます？　葉や枝に隠れて、上半身だけに見えますか？」

こちらを凝視している花蝶にそう聞くと、ぶんぶんと首が横に振られた。

「見えている。足が隠れるほどの葉も枝もない」

「そう……。やっぱりそうなりますよね」

翠蘭はするすると木を降りた。宮女たちに「ありがとう」と声をかけてから、

「花蝶さま、ふたりとももう水清宮に戻ってもらってもいいですか？」

と花蝶に尋ねる。

花蝶がうなずき「戻っていい」とふたりに告げた。宮女たちは「はい」と拱手して、背中を向ける。物問いたげにこちらを見る花蝶に、

「ここに現れたという幽鬼には体重があるようです。木の枝が不自然に折れていました」

と報告する。

そして体重があるならば――それはおそらく幽鬼ではなく、人だ。

「美貌の幽鬼はいつも木の上にいるのかしら。みんなの話を聞きたいわ。一緒に聞いてまわりましょう。こういう噂が集まるところというと……賢妃さまのところですよね」

考え込みながら翠蘭が言う。

「わかった」

翠蘭と花蝶が清明宮へ足を進めた、そのとき。

御花園の奥の茂みががさごそと揺れて、鳥が羽ばたく音がした。それから地面をつつくような音。

低い位置でがさごそと蠢（うごめ）く茂みを見て、花蝶が顔を強ばらせた。警戒し、咄嗟に翠蘭の手を握る。

——コッコッコッ。

「これは……噂で聞いた。茂みの下を走る幽鬼がいる、と。それだな？」

花蝶は翠蘭の手をぎゅっと握って、上目遣いでそう言った。

「ええ。そうでしょうね。花蝶さま、手伝ってくれますか？」

「手伝う？」

「捕まえるのよ！」

翠蘭は花蝶の手を握ったまま茂みへと走りだす。引きずられた花蝶は目を白黒させている。

「平気ですよ。この幽鬼は怖くない。ただの雌鳥です。名前もある。鋭鋭っていうの。うちで飼ってたから確かです」

「飼ってた？」

コッコッコッという鳴き声が止まり「ケーッ」という大きな声と共にばたばたと激しい羽音が響いた。

「そこっ」

翠蘭は棍を構え、茂みをひと突きする。すると茂みから羽根を広げた鋭鋭が姿を現し翠蘭に飛びかかる。

花蝶が翠蘭の背後で悲鳴を上げた。

鶏を逃がしてから知ったのだが、鶏は空を飛べないが、飛べないぶん思いのほか走るのが速い。嘴も囀るだけじゃなく獰猛に武器として使ってくる。足と嘴を器用に使い、棍を使う翠蘭の隙をついて、翠蘭の足に蹴爪を立てる。蹴爪は雄にしかないはずなのになぜか鋭鋭には立派な爪があった。

棍で鋭鋭の蹴りを払いのけ、一歩踏み込む。強く叩くと怪我をさせる。そうしたくないから毎回、こうしてやりあっては逃げられる。

「花蝶さま、後ろにまわって、あなたの領巾で鋭鋭を覆って」

「わ、わかった」

花蝶は羽織っていた領巾を広げ、鋭鋭の上にふわりと投げかける。まとわりつく領巾に自由を奪われ、鋭鋭が「ケーッ」と甲高い謎の鳴き声をあげた。

棍を抱えたまま翠蘭は鋭鋭に飛びつき、領巾ごと地面に押さえつけた。領巾に覆われた鋭鋭はばたばたと羽ばたき、嘴で攻撃してくる。かわしながら、ぐるっと嘴を縛りつけ、広げた羽根を付け根を痛めないようにそっと持つ。両方同時に押さえて、持ち上げる。乱暴にすると羽根が折れてしまう。

こうやって捕まえてしまうと、案外、鶏は静かになる。捕まえるまでが大変なのだ。なんとか鋭鋭を抱え上げた翠蘭を見て、花蝶が顔いっぱいに笑みを浮かべた。

「やった。捕まえた」

誇らしげにして胸を張り、翠蘭の手のなかの鶏を覗き込む。

「はい。捕まえました」

「妾の領巾が役に立ったな。こう、ふわっと投げたら、鶏の羽根が押さえられて」

「はい。花蝶さまのお手柄です。助かりました。ありがとう」

「どういたしまして」

威張って言うのが、愛らしい。

花蝶は晴れやかな笑顔のまま、つま先立って、鋭鋭に手をのばす。が、触れる手前で手を止めて、怖々と聞いてくる。

「触ってはならぬものか」

「そっと、怖がらせないようにならば」

ちょんとつつくように羽根に触れ、花蝶はふふっと小さく笑う。

「鶏とはかように獰猛であったか」

「そうですね。飛べないぶん、強くなろうとしたのかも？　でも結局、鶏は鶏で、足や羽根が脆くて、手加減しないとあっというまに折れてしまう。――で、これが茂みを走り抜ける幽鬼の正体ですよ」

花蝶は、翠蘭の顔と鋭鋭とを交互に見ている。

「後宮のみんなはいろんな暗がりに幽鬼を見つけだしてしまうようです。なんだかわからないままだと不安で怖いけど、捕まえてみたら、怖がるようなものじゃないこともある。ところで、この〝幽鬼〟のことは、内緒にしておいてください。鶏を逃がしてしまったのにずっと黙っていたの、もしかしたら私が叱られてしまうかもしれないから」

小声でそう言うと、花蝶が今度は「わかった」と重々しくうなずいた。

そのまま翠蘭は水月宮に戻る。花蝶も翠蘭についてくる。ときどきちらちらと鋭鋭に視線を向け、小さく笑うのが愛らしい。

そうして水月宮に辿りつき――翠蘭は鋭鋭を庭に放ち、今度こそしっかりと戸締まりをする。

囲いの柵の縁に肘をつき、走りまわる三羽の雌鳥をぼんやりと見た。

花蝶も翠蘭の隣で囲い越しに雌鳥を眺めている。

「花蝶さま、私たちは実際に自分の目で女の幽鬼を見てみないと、なにひとつわからないままかもしれません。幽鬼の正体が、幽鬼じゃないときも多々あるので……」

もしかしたら女の幽鬼は、鶏と同じ〝なにか〟なのかもしれない。具体的に〝なに〟とは言えないが――幽鬼ではない〝なにか〟。

雪英と一緒にいたときに〝見えて〟しまった甲冑の男からは、ものすごい殺気が漂っていた。揺れる茂みの向こうに得体の知れない〝なにか〟がいたのを、翠蘭は、瞬時に悟って棍を構えた。

しかし、鋭鋭が茂みを揺らして走っているのを見ても、翠蘭は〝なにか〟だとは感じなかった。鋭鋭は嘴や爪を使って攻撃してくるが、ただ逃げようとしているだけで、そこに研ぎ澄まされた殺意はない。

――じゃあ、女の幽鬼には殺気があるのだろうか。

見てみなければ、わからない。

もし怖ろしい〝なにか〟だった場合、はたして翠蘭は花蝶を守りきれるだろうか。雪英のこともある。自分ひとりで対峙したほうがいいのでは。

「そうか。そうだな。妾もかつて幽鬼に化けて過ごしていた」

「はい。鶏が幽鬼に変化してしまうこともあるし、人が幽鬼になっていることもある」

花蝶は鶏を見つめている。

「とりあえず、地面をコツコツとつつきまわす幽鬼は、私が祓ったのだと、そう噂を流しておいてください。そうしたらみんなこの幽鬼を暗闇のなかに〝見つけ〟られなくなるでしょうから」

「わかった」

「女の幽鬼を徳妃さまに似ていると誰が言いだしたのかはわかりませんが、最初に〝見た〟人の言葉に引きずられて、それ以降、いろんな人たちが幽鬼のなかに徳妃さまを見いだしたんじゃないかなって思います」

鶏が幽鬼になってしまったように——最初に怖がった誰かに、後を追う者は引きずられていく。

——花蝶さまにそんな幽鬼を見せてもいいのだろうか。

「花蝶さま。今日の幽鬼探しはここでおしまいにしましょう。〝コッコッコッと鳴く幽鬼〟が見つかったのですから、それで今日は充分です」

翠蘭が笑って言うと、花蝶も笑った。

「そうか。では、また明日」

「はい。また明日」

また明日と、言えることが嬉しいのだろうか。にこりと笑う。つい、手をだして頭を撫でたい衝動にかられたがぐっと我慢する。子どもであっても花蝶は貴妃。翠蘭より立場が上だ。

「花蝶さまの宮までお送りしましょうか」

と翠蘭が申し出ると、

「いらぬ。ひとりで帰れる。ここで、別れる。妾は強いからな。この領巾があれば、鋭鋭を捕まえられるくらい」

と、花蝶はふんっと顎を持ち上げて反り返ったので「はい」とうなずく。

そうして花蝶は水月宮を立ち去った。

それからまだしばらく鶏たちを見ていると——明明がやって来て翠蘭の横に並んで大きなため息を零した。

「結局、翠蘭さまは引き受けてしまわれた。男の幽鬼だけじゃなく女の幽鬼も探そうというのですね。厄介事ばっかり拾ってくるんだから」

「だって花蝶さまのお願いは断れないわ」

「いつもそうなんだから」

と明明が言った、そのとき——。

風に乗って、いぶされたような嫌な臭いが漂ってきた。

緊急を告げる銅鑼が鳴る。ごぉん、ごぉんとくり返される銅鑼の音に明明と顔を見合わせる。こんなふうに銅鑼が鳴るのを翠蘭たちは聞いたことがない。

雪英が慌てた様子で走ってくる。

「翠蘭娘娘、明明さん、あれは火災の銅鑼です。西にある宮のどれかが燃えたのです。西の、御花園に近い宮。音の鳴る方向でわかります」

「火災ですって？」

念のためにと明明が貴重品を取りまとめはじめた。

そして翠蘭はというと——駆けだしていた。

「娘娘っ。どこにいくんですか」

明明が翠蘭に声をかける。

「そのへん見てくるだけよ。だって花蝶さまおひとりで帰してしまったわ。なんともないと思うけど、なにかあったら大変じゃないの」

翠蘭は門を抜けて外に出る。振り仰ぐと、通りの向こうに黒煙が立っている。

道を宦官たちが走りまわっている。口々になにかを叫んでいる。

「火事だ‼　水を運ぶ人手が足りない」

「水界宮が燃えているぞ‼」

水界宮というと、充媛のいる宮だ。翠蘭はあまり話したことがなく、幽鬼探しのときに噂を聞きにいったくらいだ。これといって収穫はなかったが、水界宮はひどく静かだったことだけは覚えている。

水月宮から花蝶の水清宮までは御花園沿いの大きな道を歩いていけばすぐだ。水清宮に辿りつき「花蝶さまは」と門のところにいる宮女に問うと「まだ帰っていらっしゃらないのです」と思案顔で答えられた。

——花蝶さまは私と同じくらい〝子ども〟だもの。

火事があれば、見にいくだろう。危ないとか、邪魔になるとか、そんなことは考えない。子どもはいつもと違う出来事があると、後先考えず、ただ、見たいというそれだけで走って近づいていってしまう。

翠蘭は、花蝶の姿を探してそのまま走った。人の多い方向に進めばいいので迷わない。水界宮に近づくにつれ、焦げついたような臭いが強くなる。風のなかに黒い花びらに似た燃えた木片が、ちぎれたように飛んでいる。いぶされた熱が、むわりと翠蘭を包み込む。黒い煙が漂い視界が靄がかる。

そこでやっと、道の端で立ちすくんで空を見上げている花蝶を見つけた。

花蝶は、微風にのって緩やかにうねる黒い煙を見上げていた。

「花蝶さま」

「ああ……昭儀か」

「お怪我はないですか」

「歩いていただけじゃ。怪我などするか。だが——水界宮が」

細い指が、水界宮の開いた門の向こうを指さす。宮女と宦官たちが水を汲んだ桶を運び火を消し止めている。その一方で、隣の宮に火を広げないようにと建物を端から壊していく。

こんなときでも後宮に男手が入ることはないのかと、翠蘭は呆然とした。力のない女と宦官が、力を合わせて必死に火を消している。

「花蝶さまはお帰りになってください」

言い置いて、翠蘭は門のなかに吸い込まれていく。

「昭儀はどうするのだ」

「火を消す手伝いをします。どう見たって人手が足りません」

後宮の道が広く、宮が大きく、宮と宮のあいだに庭や道を配置して空間を広く使っているのはこういった災害時に対処しやすいかららしい。

煙の高さに身構えていたが、近くで見ると、火はまだ小さいように見えた。燃えている箇所も宮のごく一部だけだ。このぶんだと建物を壊して延焼をおさえれば、なんとかなるかもしれない。

宮女がひとり、宦官たちに必死に訴えている声が聞こえた。

「まだなかに充媛さまがいらっしゃるのです‼　お助けしなくては」

その声に、翠蘭は、ぎょっとして炎が立つ宮を凝視する。

——あのなかにいるの？

「なかにって……あの一番燃えている場所に？　なんでまた」

「奴才では辿りつけません」

彼らが話しあっているうちに火はさらに大きくなっていく。

誰がいくべきかとか、足が速いとか遅いとか、どうしたら助けだせるのかとかを言い争っている宦官たちと宮女を尻目に、翠蘭は地面にあった水の入った桶を手に取り、頭からかぶった。

続けざまに三杯ほどかぶってから、

「この領巾を貸して」

と側にいる宮女の領巾を抜き取ってざぶりと水につける。なにもないよりはまし程度かもしれないが、濡らした領巾で頭と顔を覆い、燃える宮に飛び込んだ。

この場にいるなかで一番適任なのは自分だと思ったからだ。自然に身体が動いていた。

自分に続く者は、いなかった——。

「充媛さま——」

翠蘭は、そう呼びながら廊下を走った。宮の内部の構造はどこも似たようなものだ。迷うことはない。幸いなことに、外で見て案じたほどには内部では燃え広がっていなかった。

それでも火の元の部屋に近づくにつれ、どこからか火の粉が舞って、領巾についてじゅっと小さな穴をあける。

熱が、肌に痛い。吸う息も、熱い。煙が喉にからみつく。実際に火に舐め取られなくても、熱い風が吹きつけてくるとそれだけで髪がちりっと焦げて縮れていく。

「充媛——夜鈴さま」

充媛の部屋の扉を開ける。

内側から炎が溢れでて——すっとまた小さくなった。

炎は部屋の床や壁を舐め上げるようにして燃えている。天井は黒くすすけて、壁の一部が焼け落ちている。

火は、窓に近い壁の付近から発生したのだろう。扉の対面の壁の火が一番勢いが強い。

部屋の中央の床に、充媛がぺたりと座り込んでいる。

「夜鈴さま。いまお助けしますっ」

叫んで、翠蘭は炎の小さな場所を見極め、飛び込んだ。まだ炎は四方を覆ってはいない。ぎりぎり、間に合ったのだと思う。

頭を覆っていた領巾の水気は飛んでしまっている。だから翠蘭は濡れている袍を脱ぎ、夜鈴の頭を覆い、ぐったりとした身体を抱え上げる。

腕のなかで、夜鈴が翠蘭を胡乱に見返した。

「助けて……くれるの。あなたが？　ここから？」

夢でも見ているような言い方だった。

「はい」

返事をした翠蘭は、そこでぎょっとして息を呑む。

——この人は、こんな顔をしていたのだろうか。

少し前に会ったときも、ずいぶん痩せたと思っていたが——そのときよりさらにやつれ、疲れた顔になっている。

隈の浮いた、窪んだ目元。こそげた頬。唇は乾いてひび割れている。なのに目だけはぎらついて、あたりを躍る炎の赤を映しだし、煌々と光に満ちていた。

抱えると、夜鈴からは甘い匂いがした。

今半魂香の濃い匂い。

「走れますか」

と、翠蘭は聞いた。

「……あなたが……助けてくれるなら」

支えた夜鈴の腰は細く、手は筋張って痩せている。

「もちろんです。早く」

火がまわらないうちにと、火のない場所を選んで、引きずるようにして部屋を出る。夜鈴は、すがるようにして翠蘭に身体を預け、うながされるままに顔を前に向け、足を動かしていた。

不思議と、人と共に走っている気がしなかった。人形のような、意志のないものを無理に引きずって走り抜けているような、そんな気がした。

夜鈴は纏足だった。

萎(な)えた足は、走るのに向いていない。夜鈴の腰を支えて無理に引きずって走らせるより、背負ったほうがきっといい。

翠蘭はすっと屈んで、夜鈴に背中を向ける。

「失礼します。私の背に」

夜鈴は素直に翠蘭の首に手を巻きつけた。

ぐっと力を溜めて立ち上がる。

鍛えてきて良かったとしみじみ思う。夜鈴はものすごく華奢(きやしや)で細くて、彼女なら背負って走っていけそうだ。

「しっかり捕まっていてくださいね」

返事はないが、ほうっと小さな吐息が返ってきた。

怖いとも、熱いとも言わず――しかし何故か夜鈴は翠蘭の背中で、

「徳妃さまが」

とうわごとのようにつぶやき続けていた。

炎が木を弾けさせる音の合間に、翠蘭の耳元で夜鈴が小さな声で呪文のように同じ言葉をくり返す。

「昨夜、私は徳妃さまの幽鬼を御花園で見たのです。そのままきっと私に憑いてきたのだわ。さっき私の部屋に現れて……私、それで慌ててしまって、火の始末を間違えて……」

徳妃さまが……と。

小さな声で、ぶつぶつとつぶやき続ける。

──徳妃はもうこの後宮にいない。

翠蘭は返事をしなかった。

「眠ってしまったの……あの香を焚くと、いつもそう。それで、眠りについたら愛おしいあの人が私を訪れる。もう亡くなってしまったあの人が。ねぇ……私、後宮に来る前は恋人がいたのよ……でも私とは離ればなれになって……あの人は、私をここから連れだすために皓皓党に入って……死んでしまった」

──恋人が？　皓皓党に？

じりじりと熱が肌を灼き、それどころではないというのに、夜鈴はうっとりとした声でささやいている。

「春に……徳妃さまが夏往国に連れていかれたその後に……陛下が命じた討伐の軍に追われて……皓皓党は、ばらばらになってそれで……死んでしまったんですって、あの人。外からの手紙で知ったのよ……。なのに私は生きて……陛下の夜伽に呼ばれて、寝殿にいくのよ……ひどい女ね、私って」

ふふ……と小さく笑う。

夜鈴の髪に染みついた甘い匂いと、焼ける建物の焦げた臭いが混じりあって、翠蘭にからみつく。気持ちが悪い。くらくらと目眩がする。けれど倒れてはならない。

「泣いていたら……今日は……徳妃さまがいらして……昨夜、御花園でお見かけしたときからずっと憑いていたんだわ。ということは、徳妃さまはもう亡くなられてしまったのよね。だから私に憑いてきたのだわ。徳妃さま……おかわいそうに……でも私たちも、いまのままでは徳妃さまと同じ目に遭う。陛下の子を恵まれたら夏往国に連れていかれて……」

また、笑う。吐息が翠蘭の耳朶に触れる。

熱くて――そして、ひどく気持ちが悪い。

「火が……ついて……私は怖くて……でも、ほっとした」

――ほっとしたって？　どうして？

「これでもう、なにもしなくていいんだわってそう思って。あの人のところにいけるんだわと思って。それなのに、あの人が現れて言うのよ。〝逃げなさい〟って。〝あなたはまだこっちに来なくていい。生きなさい〟って。無理よって言っても、あの人は〝助けが来るから〟って。──それで、あなたが来たから」

さまざまな考えが頭をよぎるが、まず逃げるのが先だ。すべては生きて宮を出た、その後だ。

建物をくぐり抜け、外に辿りつく。

ふっと視界が広がって──翠蘭は大きく息を吸って、吐いた。

身体を屈め、夜鈴を背中から降ろす。振り返って、地面にぺたりと座りこんでしまった夜鈴の身体を抱きしめ、耳元で小声で呼びかける。

「夜鈴さま」

「はい？」

ぼんやりとした顔で夜鈴が翠蘭に首を傾げる。

「徳妃さまのことは、誰にも言わないでいてください。あなたの亡くなった恋人のことも。それがあなたの、ためになる。あなたはうっかり寝てしまって、気づいたら部屋が燃えていて、逃げ遅れた。それだけです。そういうことに」

徳妃の幽鬼に取り憑かれて、焚いた香の火の始末を怠（おこた）ったなんて言ってはならない。わざと火を点けたのではなくても、消し止めようとしなかったことは、罪に問われるはずだ。過失として処理されてなんらかの刑には処されるとしても。

そこにさらに皓皓党に入って亡くなってしまった恋人のことや、徳妃の名をつけ加えると物事は混乱していく。

「はい。あなたはやっぱり私を助けてくださる使者なのね。おっしゃるとおりに」

夜鈴はやつれた顔で、にっと微笑んで、うなずいた。

「大丈夫よ。私たち、ちゃんとすべてをやり遂げるから」

――私たちって、誰？　すべてをやり遂げるって、なにを？

聞こうとしたが、翠蘭がその身体から手を離したのと、宮女たちが夜鈴に向かって駆け寄ってきたのが同時だった。

誰かに聞きとがめられては困る内容だと思い、口を閉じる。

「夜鈴さま。ご無事で」

宮女たちが充媛に泣いてすがった。わんわんと泣く宮女たちを見て充媛は柔らかく微笑んでいる。およそ火事の現場から命からがら逃げだしたとも思えないようなしあわせそうな表情だ。

「ええ。助けていただいたのです。私はまだもう少し、生きていくようですね。やらなくてはならないことが、あるから」

蕩(とろ)ける声で言う彼女の顔は、なにかに取り憑かれでもしているようで――焦点の定まらない目がずっと、ここではない何処かを見つめている。

肌がざわめいた。

得体の知れない悪夢に取り込まれるような不安を覚え、翠蘭は周囲を見回す。

まだ、宮は燃えている。宦官たちが水を運んでいる。揺れる桶からちゃぷんと水しぶきが飛んで、翠蘭の手に跳ねた。

――呆けている場合じゃないんだわ。

翠蘭は夜鈴をひとまず宮女たちに預け、火のまわりそうな場所の壁を棍で叩き壊しはじめる。延焼しないように壁を崩し、宦官たちの運ぶ水をかける。火がこれ以上、外にまわらないように、できるだけのことをしなくては。

その甲斐あって火の勢いが衰えて小さくなり――。

「翠蘭」

と名前を呼ばれ、振り向くと頬や手や額を黒くした花蝶が翠蘭を見上げていた。

「花蝶さま、水清宮に帰ってくださいと申し上げたのに」

「火のなかに飛び込んでしまった昭儀を見て、妾ひとりで逃げ帰るはずがないではないか。翠蘭が生きて帰るまで水を汲んで、火にかけ続けようと、妾はそう思ったぞ」

きっぱりと言われ、絶句する。

そう言われてみれば、そうだ。翠蘭だったらそうする。なんなら自分も火のなかに飛び込む。そうしないだけ花蝶は賢く、己を知っている。

「はい」

しおしおとうなずいたら、花蝶は空を見上げた。

火は消えつつある。

けれど黒煙はずっとたなびいている。

晴天の空に向かい長くのびる煙を見て、

「黒い龍のようじゃな」

と花蝶がつぶやいた。

花蝶を送り届けてから水月宮に戻る。

そのままの姿では明明に文句を言われるから、忍び足で部屋に入って、着替えて、顔や手も洗い、髪もまとめ直した。

そっと明明の部屋を覗くと、明明は椅子に座って、義宗帝のための着替えの直領半臂を作っていた。濃い青に、金銀糸で龍と銀雲の刺繍。龍の足もとに咲いているのは白い蓮の花だ。これでもかというくらい細かな宝石も縫いつけられ、遠くから見ても、きらきら輝いている。

翠蘭はあまり着飾ることに興味がないため、明明は作り応えがないといつも嘆いている。その鬱憤(うつぷん)をはらすかのように、明明は義宗帝の直領半臂にものすごい刺繍の図柄を選び、針を動かしていた。

翠蘭は入り口でしばし佇み、黙って、明明を見つめていた。

「……なんですか？　娘娘。そんなところで黙って立って。叱らないからこっちに来てください。娘娘がすすだらけで帰ってきたことも、着替えたことも、全部、わかってるんですから。雪英にも私にも目も耳も鼻もついているんです。もしかしたら娘娘は忘れてるのかもしれませんけど？」

明明が顔を上げ、そう言った。

「えーと、ごめん。ただ、あなたの美しさに見惚れてただけよ」

明明が大きなため息を吐いた。

「すぐそうやってごまかす」

「明明、あまり根をつめすぎないでね。あなたは働きすぎだと思う」

そう言いながら明明の側に近づくと、

「陛下が水月宮にお泊まりになるときにはこれを着ていただきたいのです」

と明明が眉を顰めて返す。

「陛下はしばらく来ないと思うから、ゆっくりで……」

「嫌です」

明明が翠蘭の言葉をぴしゃりとはね除けた。

「だって娘娘はすぐ危ない場所に飛んでいってしまうから」

唇を尖らせて明明が言う。

「……だって、からの言葉がつながってないようなんだけど？」

「私のなかではつながっているんです。娘娘は頼まれると、なんでも引き受けてしまうんだわ。どうしたって、娘娘はそうなんですよ。山で三人で暮らしているときも、やって来た客人の面倒な頼みを引き受けて四苦八苦させられてましたもの。蜂の巣に蜂蜜を取りにいって、刺されて顔をぼこぼこに腫れさせて」

「忘れてた……。明明、よく覚えてるなあ」

すると明明がきっと目をつり上げた。

「子どもに危ないことを頼む大人がおかしいって、于仙が相手を叩きのめして放りだしてましたよね。あんな痛い目に遭ったのにどうして忘れられるんです？　あのときの客人は危ない薬の売人で、柄も悪くって……異国の芥子の実から取れる怖ろしい薬の取り引きをしにきていたんでしたよね。幻覚を見せて、使い続けることで身体と心を壊していくおかしな薬。娘娘にわざと怪我をさせて、それで強い薬を買うようにしむけようとして……。よく考えたら、そんな大人でも受け入れる于仙も于仙だったんだわ」

「自分を頼って訪れた相手をむげに帰したりはしない人だったたから。そういう于仙だから、明明と私を引き受けて、育ててくれたんだよ」

「知ってます。……娘娘は、于仙にそっくりよ。娘娘も昔から断るってことを知らないし、自分が痛い目に遭うことを気にしな過ぎる。いつか酷い目に遭いますよ？」

「そうね」

　小さな笑いが零れた。

「笑いごとではないの。私、陛下にも腹を立ててるんですよ。甲冑の幽鬼の正体を突き止めろなんて、面倒なことを言いだして。これからも陛下は、絶対に娘娘におかしなことを頼むに決まっている。だからって、私は、陛下を于仙みたいに放りだすこともできないし、怒鳴りつけるわけにもいかない。……陛下は、水月宮に来たときは、よろめくくらい重たい服を身につけてちょっとくらいは苦しむといいんだわっ」

　縫う手を止めて、忌々しそうに、歯で糸を切った。

「それでその金糸に銀糸に石たくさん……？」

「そうですよ。うちの宮にいらしたときは重たい気持ちになってもらいます。娘娘におかしな頼み事をするときは、陛下の好物は作らないことにします」

「明明は……かわいいなあ」

　ものすごく平和的な報復手段だ。

　胸の底がふわっと軽くなった。

「はい？」

　低い声で聞き返され「いや」と言葉を濁す。

明明は、怒りながら、せっせと技巧に凝った衣装を作り続けている。

下手に明明を刺激すると、怒りの矛先が翠蘭に向かう。

翠蘭は、明明の側からゆっくりと後ずさった。

＊

宮がひとつ焼け落ちた日の夜である。

火は消し止めたが、焦げた臭いだけがいつまでもあたりに残っている。

義宗帝は太監を伴い、後宮の、夜の散歩をしていた。いつもならそっと自分の宮を抜けだし自由にふるまうところだが、さすがに今日の警護は厳重すぎた。

目敏く義宗帝を見つけた太監が、

「おひとりでお歩きになるのは危のうございます」

と言って先導する。「いくな」と止めないあたり、太監は義宗帝の扱いに慣れている。止められたら、ふりきって、出かける。けれど灯籠を手にして先導されてしまえば、義宗帝は素直に彼の後ろをついていくしかないのだ。

義宗帝は、老いた太監を振り捨てて逃げだしたりしない。太監の歩ける範囲内を、ゆっくり歩いてついていく。太監はそれをきちんと理解している。

「ひとりでは、ない。そなたがいる」

　義宗帝が告げる。

　太監の持つ灯籠が少し先でゆらゆらと揺れている。

「奴才ひとりいたところでなんのお役に立てるものか心許なく……」

　太監は禿頭を手のひらで撫で、うつむいた。

「案ずるな。夜の後宮を歩く者は、多い。それに夜歩きをする者たちの多くは、良きにつけ悪しきにつけ、私に近しい者たちだ」

　――ほら、あそこにも。

　口に出さず視線をすいっと横に流す。

　義宗帝の視界のなかで、まだ幼い宦官がふたり手を取りあって走ってくるのが見えた。白い歯を見せ、互いの肩をこづきあっている。笑い声も会話も聞こえはしないが、楽しげな様子が微笑ましいと思い、義宗帝の頬にも笑みがのぼる。

　まっすぐに進む義宗帝に気づかないのか、そのまま勢いよく駆けてきて――義宗帝の身体をするりとすり抜けていった。

　しかしこれが見えているのは義宗帝だけだ。太監にはなにも見えない。太監だけではなく、たいていの人間には彼らの姿は見えない。

　義宗帝は龍の末裔だ。

——私は見鬼の才を持つ。

幽鬼とされている者を見ることができる。声を聞くことはできないが、昼となく、夜となく、彼ら彼女らが後宮を練り歩き、笑いあう姿や、嘆き悲しむ姿を目に映している。

祈れば幽鬼を祓うこともできる。はたしてどこに向かっていくのかはいまだ知らないままだが、宿した力を使って、幽鬼に「空に還ることを許す」と念じればすべての幽鬼は金色の光となって螺旋（らせん）を描き天へと昇っていくのだ。

——私が己の龍の力の発現に気づいたのは十五歳のとき。

そのときまだ自分は夏往国にいた。

通りすがりの人相見に運命について語られたのも、その頃だ。いくつかの、ろくでもない運命の神託を聞かされた。

当時すでに義宗帝は、夏往国が龍の力を欲していること、そして怖れていることは充分に承知していた。だから己の力が周囲に気づかれないように注意した。あらぬところにいる幽鬼を目で追いかけたりしないように。怖ろしい形相の幽鬼に脅えたりしないように。悲しむ幽鬼に同情し涙ぐんだりしないように。

自分以外の龍の末裔たちにも同等の力があるのかどうかも、よく観察し、探って過ごした。断言はできないが、この力が発現したのは義宗帝だけで、父を同じくする兄弟姉妹たちには幽鬼は見えないようであった。

同時に、夏往国は、なぜそこまで龍の力を欲しているのか――そして怖れているのかと、己の力を、試しはじめた。義宗帝の側には、師となる人はいなかったため、自分の頭でひとつひとつ考え、なにができて、なにができないかを検証していった。

試してみて、わかった。

龍の力がもたらしたものは、見鬼の才だけではない。

――私の力は、水に強い。

水に手を差しのべ、念じれば、ある程度は自在に動かすことができる。普通の人びとが粘土をこねて器や像を作るのと同じだ。義宗帝は手のひらで水をこね、形を与えることができる。

たかが水とあなどってはいけない。水は、あらゆるもののなかに宿っている。たとえば大地を流れる川は「水」そのものだ。川の水の流れをせき止めることも、また、立ち上がらせて龍の形にし人を襲わせることも、おそらく鍛錬をつめば可能のはずだ。

いまのところ、小さな流れならせき止められる。小さな龍ならば作りあげ、立ち上がらせることができる。

生き物の身体のなかにも、血という「水」が流れている。それを義宗帝は、念じることで、好きなように動かせる。一瞬で蒸発させることもできる。自分の祈りにより、血が沸騰し内側から破裂した獣の死骸を目の当たりにし、若き日の義宗帝は呆然とした。

――欲するはずだ。怖がるはずだ。

義宗帝はただひとりで最強の兵器たり得る力を持っている。

――だから私はこの力を押し隠した。

いったいこれがどういうものなのか自分自身にすらわからない。皇帝の力だというのだから、代々、親から子に伝えられる力なのだろうとしても。ひとつの世代において、発現するのはひとりなのか。それとも何人もいて、力の強弱があるのか。伝わっていくための条件があるのか。

すべてが義宗帝には理解できていない。

が、つまり夏往国の者たちも理解していないのだった。

――皇帝となり華封に戻ってきたらなにかしら発見があるのかと思っていた。

しかし、華封の誰も龍の力のことを信じていなかった。把握もしていなかった。文献もない。華封の歴代の皇帝たちは書や、史実を残すことを重んじていなかった。というよりむしろ徹底的に「痕跡を後に残さない」ことに留意していた節が見受けられる。

それでも、口述で伝えられてきた神話のなかに、この力にまつわるものではないかという手がかりをいくつか得た。

巧妙に手がかりを隠して作られた伝承を紐解いていくと、この世界のどこかに自分と呼応する力の持ち主がいるようだ。

そして、おそらくそれは剣の遣い手であるはずだった。

いったいその相手はどこにいるのか。華封にいるのか。それとも別の国にいるのか。

——生きているうちに出会えるか、どうか。

「今宵も月が美しいな」

義宗帝は空を見上げ、太監に話しかける。

「はい」

しかし太監は月ではなく、ただ、義宗帝だけを見ている。まわりにあやしい人が潜んでいないかどうか。いつだって太監は義宗帝のことだけを見ている。

「そなたは私によく尽くしてくれている」

「はっ」

——だが、太監は、私と同じものを見ることはできぬのだな。

それがいいことだとも悪いことだとも思わない。義宗帝は今宵も、己にしか見えない幽鬼たちが漂う夜を、太監を伴って歩いていた。

と——。

曲がり道の向こうから灯籠を持つ人影が近づいてきた。遠目からでも男装だとわかる。

この後宮には宦官と女たちと義宗帝しかいない。男装で歩いているのは、翠蘭だけだ。

「昭儀」

思いのほか大きな声が出た。静かな夜によく響く自分の声に、少しだけ笑う。これは、偶然に会えることを嬉しく感じている者の出す声だ。

「……う」

翠蘭の声が耳に届いた。これももしかしたら龍の力なのかもしれないが、義宗帝は極端に耳がいい。

――このあいだは「げ」だったが今日は「う」という鳴き声に変わったな。

きっとすぐに立ち去りたいと思っているのだろう。が、翠蘭は義宗帝を見てきびすを返したりしない。どこで会っても声をかけたらきちんと近づいてくる。それが礼儀だからだ。太監は義宗帝の気持ちを先回りする。ゆっくりとだが、翠蘭に向かって進んでいく。一方、翠蘭はきびきびと歩いてくる。

月明かりと手にした灯籠に照らされた翠蘭は、ひどく嫌そうな顔をしている。しかし義宗帝は翠蘭の感情を慮る必要はない。好きにする。

「火災が起きた夜であっても、昭儀はひとりで歩いているのか」

「はっ」

「昭儀が充媛を助けたと聞いた。よくやった」

「はっ」

「褒美に私と共に歩くことを許す。話がしたい」

「……はっ」

最後だけは少し時間をおいてからの「はっ」で、ためらいがあった。

彼女は、わずかに触れただけで澄んだ音をさせる鈴に似ている。あまりにもわかりやすい。

翠蘭は嫌そうな顔のまま、義宗帝の後ろについて歩きだす。翠蘭は立場を考えているのか、いつも少しだけ後ろを歩いたり、場合によっては斜め前を歩いたりもする。今夜は太監が前を歩くから、翠蘭は後ろについたのだろう。

――守ろうとしてくれている。

前を歩くときはかばうように気を配っているのを感じる。後ろを歩くときも背後からの気配に配慮している。どちらにしろ彼女は無意識に全方向の気配を探って、より、義宗帝の守護の弱そうな場所にその身を置く。

義宗帝に対してだけではなく、他の誰に対しても翠蘭はそうだ。

――誰のことも、なにも考えずに生かそうとする。そして自分自身については無防備だ。

「そなたは私と会うとき、本当に嫌そうな顔をするときがある。今宵もそうだ。そうでもないときとの気持ちの差異は興味深い。今宵はなにをしようとしていたのだ？」

「なにをって陛下がそれを聞くんですか？　陛下に命じられた幽鬼の正体探しをしている途中です」

「私に命じられたことをこなしているだけならば、共に歩いてもいいではないか」

「うっ」

なにか図星をついたようである。

裏側を透かし見る必要のない相手と過ごす時間は気楽だ。

義宗帝は、ふ、と息を吐きだす。

なるほど。自分は彼女といると、とても楽だ。

「今夜はその鳴き声なのだな」

「いいんですよ。私の鳴き声はどうだって。そういえば、陛下が朝議の最中に居眠りをするって噂を聞きましたよ。大丈夫なんですか。こんなふうに夜に歩いてて」

「それは噂ではない。真実だ。そして夜歩くのと朝議の最中の居眠りに因果関係はないから大丈夫だ。案ずるな」

「案じます。ちゃんと起きて、仕事してください。それに身体によくなさそうじゃないですか。眠りが足りてないってことですよね。昼に寝ちゃうのって」

案じますと言われ、立ち止まって振り返る。

「なんですか」

翠蘭が義宗帝を睨み上げる。

「いや、なかなかにまっとうに厳しいことを言うので、感心しただけだ。私は、諫言(かんげん)を聞き入れることのできる皇帝である。安心して、思うことを言っていい」

翠蘭は目を瞬かせてから「はっ」と拱手して、うつむいた。彼女の唇は不服そうに引き結ばれているに違いない。見なくても、わかる。

「なにを案じている？」

「……陛下のご健康を案じてます」

「ならば今宵もそなたのところで眠りにつこう。そなたの側だと安眠できる」

何度目かの「うっ」という声が返ってくる。

そのまくるりと反転する。

やり取りを聞いていた太監は半眼で義宗帝の顔を見つめている。どこで寝ようとも妃嬪の寝所に忍び込むのは、皇帝としての責務を果たすことになるから、咎められない。

太監は灯籠を掲げそそくさと小走りで移動する。水月宮に向かうなら、進む方向が変わってくるからだ。歩きだした太監の後ろを、義宗帝は無言でついていく。翠蘭の嘆息が背中から聞こえた。

「そなたはいま向こうからやって来ていたな。水月宮からまっすぐ歩いてくるならば反対の向きだ」

「はっ。水月宮から御花園を抜けて、そこから水晶宮に。それからぐるっとまわってきたところです」

ほぼ後宮を大きな道沿いにひとまわり歩いてきたことになる。

「幽鬼を見たか?」

問いかけたのと同時に道の向こうから甲冑の兵士が走ってくるのが見えた。

彼はいつも、どこからともなく現れる。

——幽鬼だ。

闇夜よりもっと濃い、漆黒の影を背負って、義宗帝めがけて疾走してくる。彼がもし生きていたなら足もとに土煙がたち、金属と布が触れる音が鳴り響くだろう。叫んででもいるのだろうか。大きく口を開いた。

縦長に開いた彼の口のなかにも、漆黒が満ちている。

他の幽鬼とは違い、彼の意志は義宗帝には明確に読み取れる。彼は、毎回、義宗帝を殺そうとする。目的ははっきりしている。

だが、義宗帝は彼を知らないのだ。

はじめは乾清宮の寝殿に現れた。去年のことだった。夜伽をする妃嬪と共に現れ、義宗帝を斬りつけては、消えていく。

月日が流れるにつれ、後宮のいたるところで彼を見かけるようになっていった。

——せめて声が聞こえるならば。

走りながら剣を抜き、自分を斬りつける彼が誰なのかに気づいてやることができるのに。

彼が何者かを知ったところでどうにもならないかもしれない。それでも、彼に殺されることは自分にはできないからこそ——どうして殺したいかの理由くらいは知ったうえで、彼を天に還してやりたかった。

義宗帝は彼を避けない。太監の身体を幽鬼がすり抜けていく。幽鬼を見ることのできない太監は、彼に向かってまっすぐに道を進んでいく。

義宗帝はそれを見ても、動揺しない。もうこんな光景には慣れてしまった。

自分に刃をふりかざす幽鬼を見返すことすら、しない。

そのとき——翠蘭が、唐突に義宗帝の袖を後ろから引いた。

「なんだ？」

聞き返したけれど返事はない。翠蘭は義宗帝を引き寄せ、幽鬼とのあいだにその身体を割り入れる。

翠蘭は棍を構え——幽鬼と向き合う。すっと姿勢を低くして、どこにでも瞬時に移動できるように曲げた足に力を溜めている。

しかし幽鬼は翠蘭の身体をもすり抜けていく。

幽鬼の手にした剣が義宗帝の顔面に真っ向から斬りかかる。

瞬きひとつせず義宗帝は刃を受け止めた。

どうせその刃が義宗帝を傷つけることはない。

幽鬼たちの想いはいつも義宗帝を素通りしていく。喜びも悲しみも憎しみもなにひとつ義宗帝の身体にも心にも届くことなく、消えてしまう。

今宵もそうだった。

憤怒の形相の幽鬼はかざした剣ごと形を失い、消えた。おそらく義宗帝に挑むことそのものに意味があるのだろう。斬りつけ、そして、消え失せる。殺せもしないのに何度も何度も同じことをくり返す。

あとに残ったのは、生きている人間たちだけ。

消え失せた幽鬼の気配を散らすように、夜風が吹いた。

「……っ」

翠蘭が小さく息を呑む音がした。

腰を落としてあたりを窺っていた翠蘭の肩から、緊張が抜ける。

「昭儀、どうしたのだ？」

義宗帝をかばって身体を張ってみせた翠蘭に声をかける。

――昭儀にも見鬼の才があるのだろうか。

「いえ。あの……ただ殺気がしたんです」

翠蘭は振り返って拱手し「申し訳ございません。危ないと感じて身構えたのですが、よく見てみたらなにもいなかった」と小声になった。

「よい。許す。そなたは実にいい温石だ。私の身体をあたためる」

心も、あたためる。

彼女は誰が相手でもそうなのだろう。皇帝だからではなく、側にいる者の危機を察知して身体を動かし武器を持つ。

後宮のなかで、太監は、義宗帝の味方だ。が、太監との信頼関係は互いの損得勘定から発生したものだ。義宗帝は、太監の地位を安定させるための装置として、尽くされ――いまに至っている。

――しかし、翠蘭は違う。

出会った最初から、ずっと。

「そなたが男の幽鬼を見たときも、同じ殺気を感じたのか？」

問いかけると翠蘭は少し考えてから「はっ」と応じた。

「そうです。同じ殺気でした。全身の毛が逆立つようなこの感じ……どうしておわかりになったのですか？」

「なにもわからぬ。ただ思いついたことを告げた。もしかしたらいま、幽鬼が私たちを斬り捨てようとしていたのかもしれないな。所詮、幽鬼だからなにをしても生きているものを傷つけることはできないが」

「えっ」

翠蘭がぎょっとした顔で周囲を見回す。

「では前回と今回の殺気を放った相手が同じだとして、見えるときと見えないときの違いはなんだ？　昼と夜の差か？　場所の違いか？　あるいは身につけているものの差か？それとも武器か？」

「いまおっしゃったすべてが違います。前回は昼、御花園で、違う服を身にまとい、陛下に賜った剣を下げておりました」

「なるほど。全部が違う。ならば少しずつ条件を変えて試してみるか」

「はっ。ならば、いまから御花園を巡りましょう」

翠蘭が馬鹿正直に頭を下げた。

言っておいてなんだが「いまから」と思っていなかったので面食らう。しかし義宗帝はたじろいだとしても決して顔には出さない。

うなずくと、黙って聞いていた太監が今度は御花園に足を向けた。


夜の御花園は、ひどく静かだ。夏の花は、昼は日差しに向かい胸を広げるように咲き誇り、夜になると頭を垂れ、人のようにうたた寝をするものが多い。閉じた花弁は、月明かりの下で、昼に見るより色を濃くして、しんとしている。そのせいなのか、花の香りより土と緑の青い匂いのほうが強い。

踏みしめる足もとから土と緑の香りが立ち上る。

語りあう義宗帝と翠蘭の益体のない話を気に留めることなく、一定の歩幅で進んでいた太監の足が急にぴたりと止まった。

「あ」

小さな声をあげた太監の顔が向かう先に視線を動かす。

——夜空に女が浮かんでいる。

月の光を受けてきらきらと輝き、せつなげに目を伏せている。木の上だ。頼りなく姿を揺らめかせる女の姿は胴体から上だけで、腰や足がない。

その姿は、徳妃に似ていた。

声を出すこともなく立ち止まった義宗帝と太監を追い抜いて、駆けだしていく背中が見えた。

翠蘭だった。

止める暇もなく翠蘭は灯籠を地面に置き、徳妃の浮かぶ木の根もとに飛びついて、登りはじめる。

「翠蘭娘娘。なにをなさいますっ」

先に駆け寄ったのは太監だった。おろおろと木の下で足踏みをし声をかけるが、翠蘭は「大丈夫です。これは幽鬼じゃないんです。まかせてください」と言うだけだ。

するすると登っていく姿が勇ましく、義宗帝は目を細め、木から少し離れた場所で腕を組む。太監が途方に暮れた顔をして翠蘭から義宗帝に視線を移した。

「案ずるな。私は龍の末裔である」

それだけでたいがいのことをみんなが「はい」とかしこまって聞いてくれる。便利な言葉だと思う。これに言い返してきたのは、翠蘭くらいだ。

「はっ。ですが……陛下の御身になにかがございましたら……」

「案ずるなと言っておる。太監はあれが見えるのか」

「はっ」

「そうか」

見えるならば、あれは幽鬼ではないのだ。誰にでも見えるものならば不浄でも不吉でもない。経験則として義宗帝はそれを知っている。

あっというまに翠蘭が木の上に手をかけ、幽鬼のごとき女の姿をわしづかむ。

「ひっ」

太監が悲鳴をあげ、義宗帝は組んでいた腕をほどき目を見開く。さすがになんのためらいもなく宙に浮かぶ人体を捕まえるとは思わなかった。

翠蘭は手にした人の胴体を引き寄せて——くるくると巻いている。

「あれは……あんなふうに巻き取れるということは、紙、か」

身を乗りだして見ているうちに、翠蘭が木から降りてきた。ひょいっと着地し走ってくる。手にしているのは、やはり、紙のようである。

「そなたは猿のように身軽だな」

「はい。ありがとうございます」

「誉めたつもりはないが……まあ、いい。それは、なんだ？」

尋ねると翠蘭は巻いていた紙を広げていく。

「毒が付着している可能性もございます。手を触れませんように。用心するにこしたことはございません」

——自分はためらいなく触るというのに、そういう心配はするのか。

黒く塗りつぶされた紙に白い絵の具で徳妃の似姿が上半身だけ描かれている。白い絵の具は灯籠の明かりを受けて薄く光を帯びて輝いている。闇に発光する塗料のようだ。そういえば牡蠣（かき）の貝殻の内側を粉にしたものを混ぜた絵の具は、夜、淡く光るのだと聞いたことがある。

「なるほど。黒い紙に闇に光る絵の具を塗って似姿を半身だけ描いたのか。それを誰も登らない木の上に、くくりつける。後宮のたいていの者は木に登れない。登れる者がいたとしてもこんなあやしい異形が浮いているのに、登って、正体をたしかめようという者はそういない」

「いえ。ここにいます」

翠蘭が真顔で胸を張ったので、義宗帝はうつむいて額に手を置いた。彼女に仕える明明の苦労が思いやられる。

「それより——これはどこからどう見ても、徳妃さまですね。絵の上手な人が描いたものです」

感心したように翠蘭が続ける。

「そうだな」

「私が先にここを通ったときにはまだこの絵はありませんでした。夜の闇に紛れて誰かが絵をくくりつけ、そして時刻を見て、朝までのあいだに回収していくのでしょう」

「なんのために?」

「さあ。わかりません。ただここで絵を持ち去ってしまえば、以降、この幽鬼は出なくなるんじゃないでしょうか。仕掛けがばれてしまったらもう誰も怖がらない。しかしこのままにしておいたら、絵を持ち帰るために犯人は御花園に戻ってくるはずです。どうしますか?」

義宗帝は翠蘭の提案に、しばし目を閉じ、考え込んだ。

4

火事の翌日の水月宮である。

朝早くから宮を訪れた花蝶が、庭で木刀を構え振り下ろしている。翠蘭は棍を片手に後ろから花蝶の姿勢を眺め「もうちょっと肩を下げて」とか「腰は下にしたほうが安定します。足を開いて」などと指導する。

「つまり……徳妃の幽鬼の正体は……絵だったと、そう言うのかっ」

木刀の素振りで花蝶の息が切れている。

故郷から持ってきた武器はどれもこれも翠蘭の愛用の品なので、花蝶の身体にはそぐわない。唯一、使えそうだった短い木刀を手渡している。翠蘭がまだ小さなときに「子どもでも振りやすいように」と于仙が作ってくれた、軽い木刀だった。

昨夜の顛末を翠蘭は花蝶に話した。花蝶と共に探すはずだった徳妃の幽鬼は絵であった。幽鬼はいないと、そう伝えた。

さらに義宗帝のもとに届いている徳妃の近況も聞いてきた。

「はい。黒く塗った紙に光る塗料で徳妃さまの似姿を描いたものを枝にくくりつけておりました。そもそも徳妃さまは夏往国でご存命でいらっしゃるとのことです」

子が産まれるまで殺すようなことはあるまいと、義宗帝が乾いた目でそう言っていた。

「そうか」

花蝶は振り下ろした木刀を見つめ、ふうっと息を吐く。今日は、いつもよりずいぶんと熱心だ。疲れてしまったのか、手がぶるぶると震えている。

「皇子にしろ内親王にしろ、産まれれば、祝い事ですからこの後宮にも徳妃さまの夏往での様子は伝わることでしょう。ただしもう二度と徳妃さまは華封に戻ることはないと思います」

「生きているあいだは？」

花蝶がぽつりと尋ねる。

翠蘭はそれには答えず、

「これは花蝶さまには大きすぎましたね」

へっぴり腰の花蝶から木刀を取りあげた。

今日の花蝶からはねっとりと甘い香りがする。

——今半魂香？

花蝶もこの香りを好むのかと意外に思う。濃くて甘い香りは、幼い花蝶に似合わない。

「妾はその長さでも大丈夫じゃが」

と花蝶がむっとする。

「長さじゃなくて、握っている部分が手にあってないです。長く振っていると、つらそうです」

と懐から小刀を取りだして木刀の柄を削る。

「しっかり握ることができないから、うまく振れないんですよ。それにこれはいまの花蝶さまにはちょっと重たいのかもしれませんね。もうひとまわり小さくて、軽い木刀を賢妃さまにお願いして取り寄せてもらいましょう」

「もっと軽くて小さい木刀をか」

花蝶は不服そうにしている。

「ちょうどいい大きさの刀を使うと、それだけで剣の腕は上がります。花蝶さまは、いま、息があがっていらっしゃる。剣の型を身体に覚えさせるのも大切ですが、それと同時に、基礎の体力を鍛えていかなくてはなりません。あとで部屋のなかでできる訓練を教えますから、水清宮で、毎日やってください」

削りたての木はざらざらとしている。布巾で丁寧に拭いて、棘がないかを見てから花蝶に渡す。

「はい、どうぞ。こっちのほうが握りやすくないですか？　振ってみてください」

花蝶がしゅっと木刀を一回だけ振った。さっきよりは手に馴染(なじ)んでいる。

「うむ。……あ、ありがとう」

つけ足したみたいな「ありがとう」を言うとき、花蝶の頬がしゅっと赤くなる。

「どういたしまして。今日はこれくらいにしておきましょう。木刀は置いていってください。花蝶さまの手に怪我がないようにきちんと磨いて油を塗ります。私は武器の手入れをするのが好きなので、まかせてください」

花蝶が「うむ」とうなずいた。

木刀を渡した花蝶は居心地悪そうにもじもじとしている。

「それで、結局、木の上に徳妃の絵を置いたのは誰なのだ」

「わかりません。陛下が、その確認は陛下のところの宦官たちにまかせるから、私はすぐに水月宮に戻るようにと命じたので見届けられませんでした」

義宗帝が徳妃について説明してから、嘆息し「そなたにまかせると無茶なことをしでかす。今宵は一旦、下がれ」と翠蘭に命じたのである。

翠蘭は義宗帝に命じられれば、従うしかない。

「陛下は意地が悪い。気になるだろうに、そなたを追い返すなんてひどい」

「私の身体を心配してそうしてくださったみたいです。よけいなことをするなと何度も何度も言われてしまいました……。私、よほど、よけいなことをしでかしそうなんでしょうね」

しおれて見せたら、花蝶が「そうじゃな」と強くうなずいた。

少し、傷ついた。よけいなことじゃなく、必要なことをしているつもりなのに。

義宗帝はそのすぐ後に「念のために」とたくさんの薬と医療に長けた宦官を水月宮に寄越してくれた。宦官たちは翠蘭の身体に毒がまわっていないことや、体調不良を生じていないことを確認し、朝になってから帰っていった。

——それに陛下は、私が〝見てはならないもの〟を見てしまう場合を考慮してくれたんだわ。

この後宮で、木に登れそうな者は数が限られている。

纏足ではなく、身軽に木登りができる者。

さらに、徳妃の似姿を幽鬼のようにして掲げる理由を持つ者。

そうやって——身体が軽くて、夜に自由に歩きまわれて、木登りもできて——なにかを企みそうな人間と考えて、翠蘭がすぐに思いついたのは皇后だった。

徳妃に関わる情報が一切入ってこないいまの後宮で、徳妃の幽鬼が現れることで動揺する者をあぶりだし、調べているのではと思ったのだ。

もしかしたら反乱軍に手引きをした残党の一味が、後宮のなかにまだいるのかもしれない。

——皓皓党。

その場合、徳妃の幽鬼を木にくくりつけるのは、やはり皇后しかいないような気がした。そして、もし似姿を取りに戻ったのが皇后だった場合——翠蘭はそれを〝見てはならない〟のだと、そう思う。知らないほうがいいことは、世の中にたくさんある。後宮のなかの絶対権力者である皇后の暗躍を、たかが昭儀でしかない自分が気づいてはならない。

義宗帝と皇后が話し合ってくれればいい。

翠蘭には関係ない。

翠蘭は徳妃に似た幽鬼ではなく、甲冑の男の幽鬼の正体を突き止めることを命じられているのだから。

「花蝶さま、手を見せてください。手のひらの皮が剝けていませんか」

「どうして、わかった」

花蝶がおずおずと手を差しだす。

「わかりますよ。私もそうでしたから。何度も皮が捲れて血豆になって、そこがどんどん固くなって、剣と手が馴染んでいく。鍛錬とはそういうものです。いきなりできるようには、ならないんです」

柔らかい手を開くと、剝けた皮が痛々しい。

「部屋に戻りましょう。薬を塗って、お茶を飲みましょう。明明に用意してもらいますね」

「だが……木刀を振っただけで今日はなにもしていないぞ。いつもは昭儀が打ちあってくれるだろう？　こんな程度で妾は強くなれるのか。もっと鍛えてもらいたいのに」

かたくなな顔になる花蝶に、翠蘭は目を細めた。

いままでの鍛練は花蝶が飽きないように遊戯性を取り入れたものだった。が、今日の花蝶は真剣だ。

「少しずつでいいんです。毎日少しずつ、昨日より今日、できることを増やしていけばいいんです。まず身体を鍛えていって、それからです。大丈夫です。ちゃんと強くなれますよ」

翠蘭は花蝶の手を取った。

「私もそうでした」

笑いかけたら、花蝶はほっとしたように肩の力を抜いて、素直に翠蘭に手を引かれて歩きだした。

「ところで、花蝶さまも今半魂香を焚いていらっしゃるんですね。いつだったたか、陛下もその匂いをさせてましたよ」

「焚いてはいない。懐に入れているだけじゃ。それでも香るか？」

「はい。とても強い匂いですから」

「そうか。……ひとりでこれを焚くのは怖ろしい気がしてな。かといって水清宮の宮女たちと一緒に焚いても、効能が薄れてしまうようにも思って、試していない」

「怖ろしいって、なんでです？　効能ってなんですか？」

きょとんと聞き返すと「知らぬのか」と花蝶が目を見開く。

「これを使うと死んでしまった者と会えるのだと聞いた」

「え？」

「やり方があると教わった。まず紙と筆を用意して会いたい相手の名前を書いたり、姿形を描くのだ。そうしながらずっと在りし日の相手のことを思う。それから香炉に今半魂香をくべ、描いた紙に火を点けて、一緒に燃やす。そうすると会いたいと願った相手の魂が半分だけ、こちらに戻る。願いが薄いと、会えないこともあると聞いておる。相手が、会いたくないと思っていたら、会いにきてくれないとも聞いておる」

知らなかった。

ただの香で、みんながこの甘い匂いをもてはやしているのだとばかり思っていた。

——それで夜鈴さまは、香を焚いて〝恋しい人〟に会えたって……。

火事のなか、背負って走った耳元でささやかれた、うわごとめいた言葉のすべてが、つながった。

「花蝶さまの会いたい相手って」

「月華じゃ」

亡くなった宮女の名前をつぶやき、うつむいた。

その名前を聞くまでは、翠蘭は「試さなくてもいいですよ」と言おうと思っていた。だって「願いが薄いと、会えないこともあると聞いておる。相手が、会いたくないと思っていたら、会いにきてくれないとも聞いておる」とは、いかにも胡散臭い。

失敗したときは香のせいではなく、使う当人の気持ちや、会いたい相手の気持ちのせいだと事前に伝えて、使わせる。

きっと「香を焚いても、相手の魂が戻ってこないことが多い」からこそ、そういった注釈がついてまわっているのだ。

でも――。

「会うのが怖いわけではない。ひとりで香を焚いて、結局、会えなかったらと思うと怖いのじゃ。妾の月華を思う気持ちを、月華に退けられ、焚いた香りだけが残ったらと思うと試せない。なぁ、昭儀には会いたい相手はおらぬか。もしできるなら昭儀と共にこの香を使えたらと……妾はそう思って持ってきた」

翠蘭の手を握る力がぎゅっと強くなる。顔を上げ、すがる目をして翠蘭を見つめる花蝶に「それはだまされているのではないですか」と言い放てるほど、翠蘭の心は強くない。むしろ、小さな者、弱い者に対してだけは、いつでも翠蘭は気持ちが弱くなる。

「いますけど……私の会いたい相手は全員、存命で」

どうしてか申し訳なくなった。花蝶の大切な人が死んでいて、自分の大切な人たちがみんな生きていることが。

「そうか」

「でも、会いたい人がいなくても香を焚くことはできるのでしょう？　ならば私は花蝶さまと共に〝今半魂香〟を試しましょう。花蝶さまのような愛らしい方に望まれたなら、断ることなんてできません」

花蝶が綺麗な目を瞬かせて礼を言った。

「ありがとう。昭儀」

「そうと決まれば、さっそく使ってみましょうか」

花蝶は翠蘭の言葉に「うん」と小さくうなずいたのだった。

ふたりが場所を移したのは、翠蘭の部屋だった。

翠蘭は、花蝶の手に薬を塗ってから、筆と紙を用意した。

それから龍の透かし彫りが入った三つ足の香炉を、卓に置いた。香炉灰の表面を灰押で丁寧に押し、平らにならす。

「青磁に龍の細工。見事な色だ。これは良い香炉だな」

　花蝶がそう言った。

「そうなんですね。私はこういうものの善し悪しがわからないんです。香の焚き方も、後宮に入ると決まったときに慌てて学んだんです。それまでは、武器を振るうことしか興味がなくて」

　応じると花蝶が心配そうな顔になる。

「では妾が用意をしようか？」

「お願いできますか？　たぶんそちらのほうが安心です」

　素直に香炉を花蝶に差しだす。

　花蝶は置いてあった銀の火箸を器用にあやつり、火を点けた炭を香炉灰にそっと埋める。灰があたたまるのを待つあいだ、懐から紙に包まれた今半魂香を取りだした。

　かさこそと音をさせて紙を剝くと、丸い玉の練り香が現れる。

　部屋の空気の色を塗り替えていくような甘い匂いがむわりと立ち上る。

　――実際の効能はさておいて、高価なだけあって香りがすごい。

「焚く前から、匂いで酔ってしまいそうです」

　硯で墨を磨りながらつぶやくと、

「それならそれでいい。酔うくらいにこの匂いを胸いっぱいに取り込めば、きっと、妾は月華に会えるのではないだろうか」

花蝶がそう返す。

翠蘭の胸の奥がちりっと痛む。

紙と筆を花蝶に渡すと、花蝶が月華の似姿を描きはじめた。

「そなたは描かなくてもいいのか」

「はい。私には会いたい人はいないので」

「そうか」

祈るような顔をして筆を走らせる花蝶を、翠蘭は黙って見つめていた。

優しげな面差しの宮女が紙に映しだされる。見るともなく見ているうちに、翠蘭の思いは、昨今の面倒事に流れていく。甲冑の幽鬼の正体探しをどうしたらいいのだろうとか、義宗帝は面倒なことばかり押しつけるとか、それでも鶏の幽鬼と徳妃の上半身だけの幽鬼については正体を見つけたから、祓ったことになったので安心だとか。

いろんなことを考えているうちに花蝶が絵を描き終えた。筆を置き、紙を持ち上げじっくりと眺め、長く息を吐く。

「……忘れていないのに、うまくは描けぬ。本当の月華はもっとあたたかい笑い方をするのじゃ。でも妾が危ないことをしでかすと、悲しそうにして、妾を叱った。月華のほうが正しいとわかっていても、叱られると妾はへそを曲げて、月華に杖刑を命じることもあった。それでも月華は、妾のために、怒ることをやめなかった」

花蝶は似姿を卓に置く。香炉を手元に引き寄せる。熱くなった香炉灰のなかに今半魂香を埋めていく。

「妾は月華のことが大好きじゃった。どうして、もっと優しくできなかったのであろうな。どうして妾は月華を守れなかったのだろうな。後宮の四夫人のひとり——貴妃の位を得ているのだから、相応の力の振るいようはあっただろうに」

悔いるように語るその言い方がひどく大人びていて、翠蘭はなにも言えなくなる。

今半魂香からすーっと煙が立ち上がる。

花蝶は銀の火箸で炭の位置を変え、香炉の蓋をした。蓋をしても香りを楽しめるように、香炉の蓋には穴が開いている。その開いた穴から白い煙が滲みでる。翠蘭は煙の行方を目で追った。

甘い匂いが部屋に満ちていく。

今半魂香の匂いは独特で、ねばりつくように身体に染み込んでいく。

視界に煙の紗がかかり、だんだんまぶたが重くなる。

——眠い。

抗えない眠気が翠蘭の目の裏に忍び込んで、まぶたが勝手に閉じていく。

どれくらい時間が経ったのか——。

「龍、だ」

翠蘭はそうつぶやく自分の声を聞いた。

まっすぐに上っていた煙が、ゆらゆらと揺らめいて、気づけば龍の形になって部屋のなかを飛翔している。

美しく白い小さな龍が浮かんでいる様子をしばし眺め——瞬きをして目を擦る。

「まさか。龍なんて」

この世にいるはずがない。いや、もしかしたらいるのかもしれない。いま目の前をふわふわと飛んでいるのだから、いるということにしてもいい。

ぼんやりと思ったところで、自分の頭のなかがずいぶんと靄がかっていることに気づく。

さっきまで、すごく眠かったことは覚えている。

ならばこれは、夢か？

翠蘭はゆっくりと頭を動かし、花蝶の様子を探る。

花蝶は虚空を見つめてから、

「月華……月華……会いたかったぞ」

と立ち上がった。

自分で自分を抱きしめるように、腕を身体に巻きつけて、

「ああ……月華じゃ。月華じゃなあ。そなただけは妾を抱きしめてくれる。こんなふうにするのは、畏れ多いと？　よいのじゃ。妾はそなたにこうされて嬉しい。ずっとそうだっ

た……ずっと……そうだった」

　花蝶の目には涙が滲み、滴がほろりと落ちた。

「そんなことを言うな。謝罪がいるのは、そなたではなく妾じゃ。妾は……そなたにあやまりたかった。妾は月華を守れなかった。悪かった。許せ」

　誰に向かって語っているのだろう。翠蘭には花蝶しか見えない。月華はいない。が、花蝶のまわりに白い小さな龍が、じゃれつくようにまとわりついている。

　泣きながら詫びる花蝶の声は、幼く、そして甘い。

　すんっと鼻を鳴らし、顔をぐしゃぐしゃにして「そんなことを言うな。月華……なぁ、月華。悪かった」と、小さな声で何度もくり返す。

「月華。ここにいてくれ。消えないで。ねぇ、妾を残して、いってしまわないで。やだ。やだよう。月華ぁ」

　がくがくと身体を揺すぶりながら花蝶が叫ぶ。

　――月華？　花蝶さまには見えているの？

　自分にはなにも見えない。見えるのは白く小さな龍だけ。たしか今半魂香とは亡くなった人の魂を呼び戻せる香だったのではなかったか？　姿を見せてくれるのではなかったか？　花蝶の説明ではそうだったはずだ。

　では、この龍は、誰の魂だ？

「龍……誰？」

翠蘭には会いたい人はいない。大切な人たちはまだみんな生きている。だから呼び戻したい魂はない。ないはずなのに、見えているこの龍はなんだ。

唐突に不安が身体の内側で膨らんでいく。

知らないだけで、後宮の外で誰かが死んでいるのだろうか。翠蘭にとって大事な人というと于仙だ。もしかして于仙の身になにかが？

ぐるぐるとまわる思考は結論に至らない。翠蘭の側を巡る白い龍は一度その姿をほどき、煙になる。焚いた香の煙を見間違えたのだろうかとぼうっと見つめると、今度はその煙がよりあわさって、人の形に変化する。

体格のいい男が、白い靄と共に立ち上がる。見る間に煙に、色がついていく。顔のまわりに黒い髭。甲冑を身につけている。凶悪な目つきで翠蘭を見据える。手にしている剣を振り上げる。

翠蘭は、知らず、立ち上がる。椅子が後ろに倒される。咄嗟に剣を避けて横に跳ぶ。目の端で花蝶の姿をとらえる。花蝶はまだ泣きじゃくっている。男の姿には気づいていないようだ。男も、また、花蝶には見向きもしない。彼が見据えているのは翠蘭だけだ。ではこれは翠蘭にだけ見えている幻か？

剣を持ち、甲冑の男がひらりと跳んだ。翠蘭は花蝶から離れ、壁際に立つ。花蝶からあの男を引き離さなくては。あの剣は重い。どうしても自分の棍では負ける。

——陛下に賜った神剣ならば。

壁に飾られた神剣を手に取って、鞘から抜く。

——これは、御花園のときと同じ。

相手の刃を受け止めて、薙ぎ払う。刃が、軽い。前に進んで男の頭を縦に割るように振り下ろす。ものすごい音がした。手応えもあった。

そうしたら——閉じていた扉を開けて、明明が駆け込んでくる。

「翠蘭娘娘っ。なにをなさっているのですっ。あ……火。火が」

——火？

言われて、気づく。卓の上にあった香炉が割れ、炭が転がり落ちている。小さな火がぷすぷすと煙を出して、そこにあった紙に燃え移る。燃えた紙が端から捲れ上がり、灰になって落ちていく。

明明は手にしていた茶器の中味を卓にぶちまけた。

火はまだ小さく茶の湯だけでしゅうっと消えていく。明明は領巾を取り、バシバシと音をさせて火のあった場所を叩く。

「雪英、水を汲んできてちょうだい。念のために。——娘娘、あなたはいったいなにをしているんですか。花蝶さまも。いったいこれはどういうことなの？」

明明が目をつり上げて叱りつけ、花蝶も我に返った顔になり、

「明明……いま……月華が……ああ、消えてしまった。これは、いったい」

と呆然とあたりを見回した。

「なにをって……幽鬼がいま、そこにいたから」

翠蘭が言う。

「どこに？」

明明が返す。

甲冑の男の姿は消え失せている。

「月華を今半魂香で呼び寄せて、会えたのじゃ。月華が戻ってきて妾を抱きしめてくれて。もう消えてしまったが……」

と花蝶が、割れてひっくり返った香炉を見て、悲しげな顔をした。

「……今半魂香？　よくわかりませんが、火事になるところだったんですよ。花蝶さま、娘娘？　ふたりともお怪我はないですよね」

明明はいつも通りだ。てきぱきと花蝶の身体をたしかめ「本当に、もう」と翠蘭を睨み上げ「剣を鞘に戻して」と命じた。

その後、花蝶を無事に水清宮に送り届けてから——。

翠蘭は明明にずっと叱られつづけた。さもありなん。今回ばかりは自分が悪い。水月宮が燃えたらどうなっていたのかと思うと、肝が冷える。

しかし、まだあの甘い香りが身体の内側にへばりついていて、頭がきちんとまわらない。頭の奥に鈍い痛みがある。

——現実が、遠い。

この妙な浮遊感はいったいなんなのだろう。

「あの……ところで……燃えかけの今半魂香のことなんだけど」

怒る明明にそっと尋ねると、

「捨てましたよ。割れた香炉も捨てましたよ？　娘娘が花蝶さまをお送りしているあいだに廃棄いたしましたとも。火事をだしかけた練り香なんて、そんな縁起の悪いものを後生大事に取っておくわけないじゃないですか」

と即座に返された。

「そ……そう。ごめんなさい。ありがとう」

毎回、おかしなことをしでかすと反省だけはちゃんとする。今回もきちんと反省して、謝罪する。

「ところで、明明は具合が悪くなったりしてない？」

「具合は悪いですよ。怒りすぎて」

それは本気のようで、怒りにまかせてぐるぐると部屋を歩きまわりだしたので、心配になってしまって、椅子に明明を座らせる。

「はい。それは本当にごめんなさい。とりあえず一回、座って、落ち着いて。で、そうじゃなくて、今半魂香の匂いで気持ちが悪くなったり、いないはずのものが見えたりしていない？」

「いないはずのもの？」

明明が胡乱げに聞き返す。

「さっき言っていたでしょう。花蝶さまは亡くなった宮女の月華を見た。私は白い龍と、甲冑姿の男を見たの。それで剣を振るって……手応えがあると感じたのは、男を斬ったからじゃなく香炉を剣で割ったからよね。——香炉を切っても刃こぼれしないなんて、さすが神剣、すごい」

あきらかに翠蘭は、あのとき、おかしくなっていたと思うのだが——それでも剣を鞘に収める前に刃の様子を見て、きちんと拭いた。身体で覚えた習慣というのは、あなどれない。無意識に、必要なことをやってのける。

「いないはずのものっていうか……見たんじゃなく感じたものですが、娘娘が香炉を割った瞬間に、部屋のなかを綺麗な風が通り過ぎたような気がしました」

と明明が眉を顰めて、告げた。

「綺麗な風？」

「窓も開けていなくて、風が通るとしたら私が開いた扉から入り込むはずでしょうに……娘娘が神剣で斬った箇所から、ぶわあって風が。こう、吹いてきて」

気のせいなのでしょうけれど、と、明明がそうつけ足す。

「そう。ああ、だけどそれは……そういえば私も、それまで朦朧としていたのに、剣で香炉を切った途端、ふわっと現実が戻ってきた感じがした。なんだろう。これはもしかして神剣だから？」

刃が欠けないことばかり注視してきたが、もしかしたら義宗帝から賜った剣にはなんらかの力があるのだろうか。

——甲冑の幽鬼を見たのも、あの神剣を下げていたときだった。

「悪いものを祓うような力があるのかしら……。ということは今半魂香は悪いものってことよね。というか、体験してみたら、あれは悪いもの以外のなにものでもないわ。……今半魂香って、もしかしたら芥子の実で作る薬と同じなのかしら。まだこの国では普通に流通していないから、その効能もわからなくて、危なさも知られていないから禁止もされていない……そういう類の……」

もっと、安らげるだけの香だと思っていた。

寂しい気持ちに寄り添う香なのだったら、それはそれで一時しのぎでも、いいのかと思った。気持ちを鎮めるお茶の高い版くらいだと思っていたのだ。

「娘娘……？」

頭のなかを思考がくるくるととめどもなく溢れる。黙っていられずに、口から零れ落ちるのは――まだ今半魂香が抜けきっていないせいなのか――もとからの性格か。

「芥子の実の薬は、そういえば刻んだものを煙管につめて吸うのよね。だったら今半魂香も、そうよ。眉娘が言っていた。芥子の実はずっと使っていると中毒になって、それがないと生きられなくなって、抜け殻みたいになるんじゃあなかったかしら。于仙はそんなことを言っていたような……」

「芥子の実の薬でしたら、そう言ってましたよ。もしかして今半魂香が、それだと？」

「そうよ。同じ効能を持つんだと思う。だって今半魂香は、焚く前に、会いたい相手の絵を描くんですって。そうすることで魂が戻ってくると説明されたからって、花蝶さまはそうおっしゃっていた。つまり幻覚を見せるのよ、あれは。花蝶さまは宮女の絵を描いて、私は、そのあいだ彼女の絵を見ていた。そうしながら、正体を見つけないとならない甲冑の幽鬼のことを考えていた。陛下は面倒くさいことを私に押しつけたって、うんざりして……」

話しながら出来事を整理していく。

だから自分は義宗帝の象徴としての白い龍と、甲冑の幽鬼を〝見た〟のだろうか。あの香はおそらく直前まで強く思い浮かべていたものの幻覚を見せるのだ。死んだ誰かの魂を呼び戻すのではなく……。

「陛下の着衣に染み込んでいたのも、今半魂香よね。すごい匂いだった。実際に香を焚かなくても、側にあるだけで明明にも雪英にも効き目があった。それであのとき明明と雪英が眠りについてしまったのね、きっと」

明明が「ああ、あのとき」と目を見開く。

「疲れていたせいもあったのでしょうけど、ふたりして同じ夢をみたのも、そうよ。明明が一度起きてから、あなたたちふたりで、故郷の山や于仙の話をしていたんではなくて？」

「してました……。娘娘がいないあいだ、娘娘の悪口ついでに故郷と于仙の話をたんまり雪英に聞かせてました。雪英がそれで笑ってくれたもんだから」

「私の悪口ついでに……？」

衝撃を受けて胸もとを押さえながらも「でも、わかる。好きな人の悪口って盛り上がるものよね」と鷹揚に笑ってみせる。

強がって言ってのけたのに、

「ええ……はい。そうですね」

と明明が半眼になった。

——充媛は今半魂香を焚いて、徳妃の幻を見て、火事を起こした。

どうして徳妃をと思ったが、それは香を焚く前にきっと徳妃のことを考えていたからだ。前夜に徳妃の偽りの幽鬼を見かけて逃げ帰り、そのまま徳妃に脅えて過ごした。それで徳妃の姿を消そうとして、翠蘭がしたのと同じようなことをして香炉を倒し、火を起こした。そのうえで、抗えない眠気にかられたまま眠りにつき、ひとりだったのでその事態に気づかず火災に発展した。

背負って走っていたときにはぴんとこなかった告白は、身を以て体験すると「こういうことだったか」と理解できる。

——亡くなった恋人を思って今半魂香を焚くようになって、それで……？

「充媛は、陛下を憎んでいるって言ってたわ」

「はい？　娘娘。なんの話ですか？」

「充媛がやつれていったのは、今半魂香を常用していたからだわ。幻を見続けて、少しずつ身体と心を壊していく。充媛が言っていた〝やり遂げる〟って、なんだったのかしら。〝私たち〟っていうのは？」

どちらにしろ、今半魂香は危険だ。

「あれを売っている賢妃さまにひと言申し上げたほうがいいのかもしれない。いや、その前に陛下に言ったほうがいいわね。だって陛下の服にも香りが染み込んでいたんだし……」

そうか、と思う。

最近、義宗帝が朝議でうたた寝して官僚たちに呆れられているというのも今半魂香が要因なのではないだろうか。翠蘭の部屋で急に眠りについてしまった理由も、今半魂香が関わっている。翠蘭が陛下がいるのにすとんと寝てしまった理由も、翠蘭の図太さだけが要因ではなく、半分以上はあの香のせいだったかもしれない。

「明明、私、陛下のところにいってくるわ。あの香を使うのはやめてって」

翠蘭は神剣を腰に佩び、そう告げた。

＊

義宗帝の宮に辿りつくには手順がある。

たとえば夜伽の妃嬪は全身をあらためられたうえで絹の袋に包まれて宦官たちの手で羊車もしくは輿に乗せられ宮まで運ばれる。

昼に妃嬪が訪れることはめったにないが——申し入れを聞き止めて許諾を得に来た宦官を通じて交泰殿（こうたいでん）に通される。そこでやはり、一度、着衣を脱いで全身を宦官たちがあらためた後に、義宗帝に呼ばれるのを宦官と共に部屋で待つ。

基本的に日中の義宗帝は後宮の外にある太和殿（たいわでん）で政務を行っている。後宮を離れられない妃嬪に会うには、いくつもの宮と長い廊下を歩き、乾清門をくぐって、乾清宮に戻らなくてはならないのだ。

いつ呼ぶかはその日の義宗帝の仕事の進み具合による。時間があけば呼べるが、時間がなければいつまでたっても待たせることになる。

ゆえに昼に妃嬪が自主的に義宗帝に会いにくることは、めったにない。皇后ですら、よほどの緊急時以外は申しでることがない。

だというのに——。

「陛下、水月宮の昭儀が交泰殿への入室の喜びを得たいと、いらっしゃっております」

執務中の義宗帝に、太監がそう告げた。

「水月宮の昭儀？　似姿を描いた幽鬼の正体がつかめたのか？　命じてはいたが、私にとって急ぎの用ではない。書面に示して置いていくように伝えてくれ。それとも……」

偽徳妃の幽鬼についてなにか聞きたいことがあるのだろうか。

そちらなら義宗帝は、自分が得た情報を翠蘭に伝えるつもりはない。

「賜った神剣について伺いたいことがあるとのことでございます」

「剣？」

「陛下に直にお伺いしたいので、拝謁できないのであれば、また後日に機会を得たいと申しております。いかがなさいますか」

義宗帝は卓に片肘をつき、手に顎を載せてしばし考えてから応じた。

「わかった。交泰殿で待てと命じよ」

「はっ」

太監が拱手し、部屋を出た。

朱塗りの丸い柱が長く続く廊下を歩く。天井や梁(はり)には赤と金で空を駆ける龍が彩色されている。乾清宮に近づくにつれ、彫刻された龍文の数も増え、豪奢(ごうしゃ)になる。

門を越え、乾清宮に辿りつく。

乾清宮は後宮のつましい宮の五倍以上の広さがある。さらに、他の宮の作りは総じて似た形になっているのだが、乾清宮だけは違う。なにも知らない者はひとりで足を踏み入れると迷う。

そのため交泰殿に太監を使いに出した。翠蘭ひとりで義宗帝の寝殿に辿りつけるとは思えない。

義宗帝は先に寝殿に向かい、茶の用意を命じてから、翠蘭を呼び寄せた。

朱塗りの壁に紫檀(したん)や柘植(つげ)の家具。大きな扉は極彩色の花と鳥に彩られた楽園を思わせる絢爛豪華(けんらんごうか)なものである。

太監の先触れにゆるく応じると、扉が開き、翠蘭がきょろきょろと周囲を見回しながら入室した。

義宗帝は長椅子にゆったりと座り、毒味をすませたぬるい緑茶に口をつける。翠蘭のぶんの茶器も用意して事前に淹れて、置いてある。

拱手する翠蘭の髪が、乱れ、ほつれている。交泰殿で髪をほどいたせいだろう。龍の住み家に入るには、ありとあらゆる場所を調べられるのだ。

あまりいい気持ちがするものではないし、辱(はずかし)めと感じる者もいるだろう。それを越えてまで翠蘭がここに来たのはどうしてだろうと思う。

「座って、お茶をお飲み。かしこまらずに、落ち着いて過ごせ」

自然と優しい声が出た。

「そなたとは外で会うので充分だった。――なのにそなたは、なぜここに来た？」

翠蘭は座るべき場所を探して視線を泳がせている。あるのは長椅子だけだ。義宗帝は「ここに」と自分の隣の場所を指で軽く叩いて示す。

翠蘭はぎょっとしたように目を剝いたが「はっ」と応じて椅子に座った。

「宦官がこの部屋の隣で私たちの会話を聞きとって記録することになっている。その記録の写しは夏往国にも届けられる。ここでなにかが起きれば、すぐに隣室から宦官たちが入ってきて押し止める。さて、そなたは聞きたいことがあるらしいと太監が言っていたが……それは私と褥を共にしたいがゆえの愛らしい嘘に相違ないな」

この言い方で伝わるだろうかと思いあぐねつつ、告げる。つまり「ここではなにも言うな」ということだ。

義宗帝は微笑み、翠蘭の唇に、立てたひとさし指を押しあてる。

翠蘭は顔を引き攣らせて固まっている。

「龍の住み家に自ら乗り込むと〝こういうこと〟になる。覚えておくといい。ところで、どうして渡した剣を下げてこなかった？　あれを佩びたそなたの姿が見たかったし、男装を解いていくのが私の楽しみのひとつだ。水月宮での一夜は、とても楽しかったし、癒やされた」

「はぁ……。ええと、交泰殿で取り上げられてしまいました。陛下に賜った剣といえど、あれは武器なので」

「そうか。あの剣は初代龍帝の御代から代々続く神剣である。大事に使え」

翠蘭は考え込むように少しのあいだ沈黙し「はい」とうなずいた。狼狽えていた表情が、納得したものに変化していくさまを近い位置でじっと見つめる。

どうやら「ここでは何も語るな。すべてが夏往国と皇后のところに届く」というのは理解したらしい。

「はい……、あの……陛下、ところで」

「うん？」

甘ったるい声で顔をさらに近づけ、聞き返す。翠蘭が後ろに下がろうとするのを背中に手をあて押し止める。

「頭突きはせぬように」

と念のために告げると、翠蘭が真顔で「はい」と返した。

しかし翠蘭は自分から義宗帝の胸元や首筋に鼻をつきつけ、ぐいぐいと身体を押してきた。

「な……にを、する」

翠蘭は義宗帝の襟を両手で持ち、ぐっと引き寄せる。身体の距離は近いのに、なんの色気も感じられない。どちらかというと、武道の技をしかけられてでもいるような気がして、身構えてしまう。

「なにって……陛下の匂いを嗅いでるんです」

「匂いを……？」

言われてみれば、動物が飼い主に信頼を示すのに額を押しつけてきたり、あるいは動物同士で匂いを嗅ぎあうのに似ている。くんくんと義宗帝の髪や首筋の匂いを嗅いでいる。

義宗帝は翠蘭の身体をやんわりと押しのける。嫌ではないが、くすぐったかった。

素直に身体を遠ざけ、翠蘭が笑う。

「よかった。今半魂香は使っていらっしゃらないのですね。あの甘い匂いがしない」

「いまはんごんこう？」

知らない名前だ。

聞き返すと、翠蘭が「半分に魂に香で、半魂香で、それに今をつけて」と几帳面に教えてくれた。

「陛下、あの香を焚くのはやめたほうがいいです。あれって、なにかしらの幻覚作用のある香だと思うんです。詳しく調べさせたほうがいいですよ。異国の品だと聞いています。もしかしたら危ない薬が入っているのではないですか？」

そういう話もしたくて、と、翠蘭が義宗帝の顔を下から覗き込む。

「私も花蝶さまと焚いてみたのです。とにかく眠くてたまらなくなって――おかしな夢を見ました。それで、頭痛にもなりました。陛下が朝議で眠ってしまうのとか、夜に変な夢を見るのとかは今半魂香のせいなんじゃないかと思います。とにかくあれを使うのはいますぐやめてください」

真剣に訴えてくる。

「私は、その今半魂香を焚いたことはない」

「え？」

「いまはじめてその名を聞いた」

「どういうことですか？　だってあんなに甘い匂いをさせて……あれって今半魂香の匂い

でしたよね……。私のところに来たときに陛下の着ていた服に香りが染みついていました。その匂いで明明と雪英も眠ってしまったくらいでしたよ?」

ある一時期から、呼び寄せる妃嬪たちの何人かが常にその香りを身にまとわせていた。流行っているのだと彼女たちは一様にそう言った。絹の袋に包まれた妃嬪たちは全員が一糸まとわぬ姿だ。

が、それでも、絹の袋にまで染みついてしまうくらいに甘い匂いが彼女たちの髪や唇にからみついていた。全員が自分自身をいぶすかのごとく香を焚きしめて乾清宮を訪れた。そして妃嬪たちはいつもより機嫌がよく、夢を見る目をして義宗帝に身体を預けた。

——酔っているのだと、思っていた。

なんらかの薬物の力を借りて乾清宮を訪れる妃嬪は、まれにいる。夜伽を苦痛と感じる者が多いことを義宗帝も充分に承知していた。栄誉ではない。情もない。そんな相手と義務として共に眠ることに義宗帝自身も飽き飽きしていたから、咎めはしなかった。

宦官たちが制止しないのならば毒を含んではいないのだろう。

禁止されていない酒や薬物を使い、陶酔して、心地よく夜伽をすませ眠りにつけるならなによりだ。それが義宗帝にとっての善意でもあった。

抱き寄せると、こちらにからみついてくるような、あのねばつく甘い香りは——今半魂香というのか。

たしかに、甘い香りの妃嬪たちと過ごすと義宗帝はいつも頭に靄がかかったようになった。すぐに眠りについてしまう妃嬪を残し、ひとりで外を出歩かないと息ができないというような狂おしい心地になった。

「私に染みついた他の妃嬪の匂いにそなたは嫉妬をしていると、そういうことだな？」

義宗帝は翠蘭を引き寄せ、優しくささやいた。

「……っ？」

「愛らしいことを言う。後宮において妃嬪は立場は違えど私にとってはみな平等に慈しむべき花だ。私の愛はひとりだけに留まるものではない。安心するがいい。そなたの頭は固いが、唇は柔らかいな。唇は、そのまま鍛えないほうがよい」

襟を摑んだまま翠蘭が目を白黒させている。翠蘭は感情を抑えるのが苦手なようで、戸惑いも羞恥も怒りも悲しみもすべて顔に出る。困惑と羞恥とが混ぜあわさって、どういう顔をすればいいのかわからないのか、頰を染めつつも、顔をしかめているのが愛らしい。

「なっ……」

「私がそなたの思いもよらぬことを言うと、ごくたまに、そなたの頰が赤くなる。愛らしいと思う」

「うっ……」

「そのおかしな鳴き声もいちいち愛らしいと思っている。だから——そなたの剣を外すところから、はじめたい。そなたの武装が解かれていくのを側で見るのはとても楽しいから。一度、ここを出ることにしよう」

「なんでですか」

「神剣を腰から下げ、それをまた我が手で外すために。何度も言わせるな。そして、気にするな。これは私の好みの問題だ」

「変な好みですねっ」

口をぱくぱくさせて言い返す。火照っていた頬の色が戻る。我に返ったらしい。

「おいで」

立ち上がって手を取ると、嫌そうな顔のままついてくる。本当は手をつないで外に出たくなどないのだろうが、仲睦まじいふりはしてもらいたい。いかにも盛り上がったそぶりで、部屋の外に出てもらおう。

「陛下。手を引いてくださらなくても、私、自分で歩けますから」

申し出を聞き入れ、そっと手を離す。

「初々しいな」

と言ったらものすごい目つきで義宗帝を睨みつけてきた。義宗帝は笑いを嚙み殺し、部屋を出る。彼女が後からついてくることは確認しなくても知っていた。

その後は交泰殿で太監から神剣を戻してもらい、太監を伴って三人で外に出る。

翠蘭はしばらくむっつりとしたまま、義宗帝のわずかに斜め後ろを、肩を怒らせて歩いていた。彼女は鍛えているぶん姿勢がよく、大股で颯爽（さっそう）と歩く。後宮でそんな歩き方をするのは翠蘭だけだ。

腰に下げた神剣がかちゃかちゃと音をさせる。

いつもならもう少し離れて後ろをついてくるのだがと思っていたら、

「陛下は、すごいところに住んでいるんですね。ものの価値がわからない私でも、高そうっていう感想が出てくるんです。どこもかしこもきらきらしてました。あと、きっともう私は二度とあそこに足を踏み入れません」

と小声で言った。

「どれだけ素晴らしいものであろうとも、毎日眺めていれば、慣れて、どうとも思わなくなる。そして、私もそなたには乾清宮はまだ早いと、そう思っている。ただし〝二度と来るな〟とは命じない」

「それで……外に出たらなにを話してもいいんですか？」

声が届くようにと配慮しているらしい。

きちんと「あの場では語るな」という意味が伝わっていたし、外に連れだした意図も汲み取っている。

ふわりと微笑んで義宗帝は返した。

「許す」

「まず、今半魂香です。陛下は使っていないのだとしたら、どうしてあんなに匂いが染みついてたんですか？」

「夜伽の妃嬪たちの香りが私に移った。絹の袋ごと強く香るくらい、妃嬪たちはあれを焚きしめて訪れる」

「……ああ、そうか。それで〝私たち〟か。陛下に焚かせる必要すらなかったのか。みんなで焚きしめて、その香りで酔わせてしまえばいい。あれが少しずつ、身体と心を壊していくのだとして……ひとりでなら無理でも複数で順番に陛下にあの香りに馴染ませていけば……弱らせていくことができるのね。うわぁ。気が長くて厄介な計画だなあ。——香りの強い妃嬪って、何人ですか？」

ところどころなにを言っているのかがわからないが、真剣な顔をしているので聞き返さず簡潔に答える。

それにそろそろ義宗帝も、今半魂香の計画というものについて理解しはじめている。

「四人だ」

「充媛の夜鈴と、瑞麗と春礼——あとは誰ですか？」

「賢妃」

「賢妃さまですか……。たぶん陛下は、そのみんなにゆっくりと危ない目に遭わされていると思います。気の長い暗殺計画というか」

「うむ。理解した」

「はい。お気をつけくださいい。私にできることはなにかありますか？」

「ある。――しかし、その前に聞きたいことがある。そもそもそなたが話したがっていたのは神剣についてではなかったのか？」

「あ、はい。この神剣には不思議な力が宿っているのかもしれないと思って、それを聞きたかったんです。なんていうか……悪しきものを祓うような力？　今半魂香を焚いてぼうっとなっていたときに、この剣で香炉を叩き割ったら、空気が一気に変わったんです。それに、考えてみたら私が甲冑の幽鬼を見たのはこの神剣を下げていた日だけです」

義宗帝は答えない。黙って、神剣の鞘と柄を飾る龍に視線を走らせる。

答えをうながすようにじっとこちらを凝視していた翠蘭が唐突に小さく息を吞む。

「――っ」

翠蘭の目が見開かれる。義宗帝の後ろを凝視している。なんだろうと振り返ろうとした義宗帝の袖を翠蘭が摑み取る。ぐっと引き寄せ、かばうようにして翠蘭が前に出る。

義宗帝は、身体をひねって翠蘭の視線の先を仰ぎ見た。

――甲冑の男だ。

何度も義宗帝の前に姿を現し、刃を向けてきた幽鬼が飛びかかってくる。

――どうせ私に傷をつけることは、ない。

斬りかかってきて、そして消える。諦めることもなく、くり返される。この幽鬼は後宮の至るところで義宗帝に挑むのだ。夜伽の妃嬪のいる寝殿で。御花園で。後宮の道で。交泰殿から寝殿に至るまでの長い廊下で。賢妃の暮らす清明宮の一室で。ありとあらゆる場所と時間に彼は現れては、消えていく。

なにが彼をそこまで駆り立てるのか。

義宗帝は生きていたときの彼がどんな男であったかを知らない。

――それが私ではなく昭儀を襲ったというのなら、彼女があの剣を持つことで幽鬼を引き寄せたのだろうか。

翠蘭が、腰に下げた剣を鞘から抜いて、大股で一歩足を踏みだして剣で幽鬼を突いた。

傍らにいる太監がぎょっとした顔で慌てている。

「昭儀さま……いったいなにを。おやめくださいっ」

「良い。許す」

太監の制止の悲鳴と義宗帝の許諾の言葉が重なった。

神剣の刃が男の振り下ろした刃と重なる。義宗帝の視界のなかで、幽鬼は黒い蒸気となった。神剣とそれを手にする翠蘭の姿は白い飛沫（ひまつ）となった。黒と白が交差して、音もなく、触れる刃からぶわりと黒いものが湧き上がる。そのまま煙のように幽鬼のすべてがかすれ、輪郭を失って、消えていく。

——見つけた。

言葉には出さなかった。

胸中でだけ、つぶやいた。

——私の力に呼応する者。神剣の遣い手。巫の才の持ち主。

どこかにいるのではないかと口述でのみ伝えられた伝承を紐解き、探し続けた相手が、いま、義宗帝の目の前にいる。

翠蘭は、ふぅふぅと毛を逆立てた獣の気配を漂わせ、抜いた神剣を手にしたまま義宗帝をかばい、消えてしまった幽鬼の気配を探っている。

「幽鬼を見たのか？」

静かに問う。

「はい」

「幽鬼はなにをした？」

「畏れ多くも陛下に斬りかかろうとしておりました」

「そなたは幽鬼を斬り捨てたのか？」

「いえ。手応えはありませんでした。逃したようです。それでも——斬りつけることはできました」

「昭儀、今回は特別だ。そのうえで、私の前で剣を抜くことをそなたにのみ許す」

「はっ」

「その剣にどのような力があるかを私は知らない。だが、そなたはその剣の持ち主として選ばれたのだろう。そなたにのみ幽鬼が見えるのだとしたら、そういうことだ。——太監、そなたは男の幽鬼を見たか？」

問われた太監が「いえ」と首を横に振る。

「私も見なかった」

義宗帝が言う。

——これは、嘘だ。

が、自分に力があることを夏往国に伝えてはならない。だから義宗帝はこの件に関してならば、いくらでも平気で嘘をつく。

「しかし、翠蘭——そなたには見えたのだというのなら私はそれを信じる。そなたにはきっと巫の才があるのだろう。その力をもって私に尽くせ」

微笑んでそう言うと、翠蘭が目を瞬かせ首を傾げてから、剣を鞘にしまい「はっ」と拱手した。

誰にも言ったことはないが——と義宗帝は翠蘭に静かに語る。

「私は、十五歳のときに人相見に〝あなたはいつか得難い剣を手に入れる。そこからはじめてあなた自身の人生がはじまる〃と告げられた。襤褸を着た、歯のない老婆の人相見の そのひと言を私はずっと忘れられずにいたのだ」

そのひと言があったからこそ、自分はいままで生き続けることができた。過去と現在の苦しみや不安は我慢できる。が、未来に希望がなければ、人は、まっすぐに進むことはできない。

義宗帝は、翠蘭と、翠蘭の手にした神剣を交互に見つめ微笑んだ。

——そなたこそが私にとっての得難い剣なのかもしれぬ。

ならば義宗帝自身の人生と運命が、いま、このときからはじまるのかもしれない。

5

翠蘭が甲冑の幽鬼に斬りつけ、得難い剣について語られた、その後——。

義宗帝は唐突に「偽徳妃の幽鬼の絵を回収に来た者を捕まえた」と翠蘭に教えてくれた。

そのうえで「その相手を明日の夜伽に呼びつける。今半魂香を後宮に持ち込んだのも、その者である。そなたは私に仕える、かけがえのない剣として、斬るべきものが見えたときにそれを斬れ」とそう命じたのだ。

相手を特定しない、曖昧な言い方だった。

――おそらく徳妃の絵を描いて木にくりつけたのは、皇后のはず。

だとしたら今半魂香を後宮に流行らせたのも、皇后なのだろうか。

皇后の手足になる者、目や耳の代わりとなっている者は後宮にはごまんといる。この会話を漏れ聞いた人間が皇后に注進しにいけば、それで義宗帝の立場が崩れてしまうし翠蘭は命を絶たれる。

皇后にまつわることは、迂闊に口にはできない。

翠蘭は「ですが、今半魂香については、あきらかに賢妃さまと充媛と」と言い返そうとした。

けれど、義宗帝は、視線だけで続く言葉を封じた。

「賢妃と充媛を斬れとは命じていない。斬るべきものが見えたときに、それを斬れ。見えないのなら斬らずとも、よい。私はそなたを試したい」

――試したい？

義宗帝は、翠蘭に選択肢を与えない。ただ命じるだけだ。

――斬るべきものって、皇后さまのことであってる？

少し考えてから、尋ねる。

「もっとわかりやすく話せないんですか？」

義宗帝はまばゆいくらいの笑顔を見せたが無言だった。

——面倒くさい人だし、迂闊なことを口に出してはならない後宮生活って私に向いてなさすぎる。

翠蘭は嘆息し、

「断ったら、どうなるんですか？」

と小声で聞いた。

義宗帝はさらに麗しい笑顔になった。そして無言だった。

——断ることは許さないってことよね。

ひと呼吸の後、翠蘭は覚悟を決めて応じる。

「私はどうなってもかまいませんが、明明と雪英には報いてくださいますか？」

皇后を斬ったら、ただではすまない。義宗帝は皇帝だから罪を咎められないとしても、翠蘭は間違いなく断罪される。夏往国に連れていかれて、そこで死刑となるかもしれない。

「もちろん。私は、皇帝だ。尽くしてくれた者に充分な褒美を与えるのは私の権利だ」

今度はきちんと返事があった。

「それでしたら……はい。わかりました」

わかったと言うまで笑顔と無言が続くと「わかった」ので。

「剣として私に尽くせ」

壮絶に美しい笑顔で義宗帝はそう言った――。

翌日の夜である。

乾清宮の寝殿――柘植に龍の彫刻を施された美しい棚がある。人ふたりくらいは入れそうなその棚の奥で、神剣を携え、翠蘭は息を潜めている。

寝殿に剣を携えて入室する許可を得た。今回ばかりは特別ということらしい。

棚のなかには何故か女物の夜着が四枚、仕舞われている。どれも純白で、白糸で菊の花が刺繍されている。

――なんでこんなものが、ここに?

白という色も白い菊も服喪を示す。不吉な衣装と一緒に棚に隠れていることに、胃がきゅっと小さく縮こまる。

薄く開いた戸の隙間から、室内の様子が見える。

燭台の蠟燭の明かりが、大きくなったり、小さくなったりしながら部屋を映しだす。まっすぐ対面で、義宗帝は紫に金で龍が織りだされた夜着を身にまとい、紫檀の椅子に座って、金の杯で酒を飲んでいる。右側にあるのは天蓋(てんがい)つきの大きな寝台だ。そして左手にあるのは廊下につながる巨大な扉であった。

　ここで翠蘭は、はたしてなにを試されるのだろうか。忠誠心か。度胸か。それとも攻撃力と総合格闘力か。皇后を斬りつけたらその場で反撃される気がしてならない。だって皇后は強い。

　——でも、ここに入るときは皇后といえど身ひとつだ。

　斬るべきものが見つからなかった場合、翠蘭は、ここで義宗帝と皇后の夜伽の様子をじっと眺めることになるのだろうか。

　頭を抱えて飛びでて逃げたくなったが、そういうわけにもいかないのだった。

「陛下、絹の袋に包まれた貢ぎ物が龍の寝殿にいらっしゃいました」

　閉じた扉の向こうで、太監の声がする。

「入れ」

　義宗帝が応じると、大きな音をさせて扉が開いた。

　宦官たちが六人がかりで、純白の絹の袋をひとつ運び入れた。そういえば夜伽の絹袋も、白だ。服喪の色だ。なんでまたこんな不吉な色の袋にしたのだろう。この慣習を作りだした過去の後宮の主たちの悪趣味さに心のなかでそっと毒づく。

　袋に包まれているのは、一糸まとわぬ妃嬪だ。

　ひとつ絹の袋が床に置かれ——さらにまた、新たな絹の袋が運ばれる。

　——あれ？

後ろにまだ絹の袋が控えている。そしてまたひとつ宦官たちが運び込む。

最終的に絹の袋は四個となった。

翠蘭は剣の柄に手をあてたまま、固まった。

皇后が来ると思っていたのだが、残りの三個の袋の中味はいったい誰だ。

宦官たちが床に置いた絹の袋の口を縛りつけていた紐をほどく。するすると袋が下に落ち、なかから現れたのは——賢妃であった。

次に、充媛。さらに瑞麗と春礼が袋から抜けでて、義宗帝の前に進む。

義宗帝は片手を掲げ、妃嬪たちが近づいてくるのを制した。ゆったりと座り、肘掛けにもたれ、鷹揚に尋ねる。

「今宵、そなたたちに伽を命じた理由に思い当たることはあるか?」

妃嬪たちはそれぞれに顔を見合わせ、

「いえ」

「思い当たることは特に」

と口々に言い合う。

「強いて言えば、陛下は私たちを集めて、戯れたいのかもしれないと思いました。ひとりを相手にすることに飽きてしまわれたのでしょうか」

賢妃が言う。

もわっと鼻をつくのは今半魂香の爛れたような甘い匂いだった。

「そのような趣味はないが、話を聞くあいだ、そこにずっと立たせているのも気の毒だ。それぞれに好きなところに座ることを許す」

義宗帝は立ち上がり、翠蘭が隠れている棚の戸を開ける。両開きの戸の、翠蘭の潜んでいる場所の反対側の戸だけを開け、驚いて固まる翠蘭に薄い笑みを見せ、そこにあった女ものの夜着を手に取って、戸をゆるく閉めた。

さっきよりさらに、戸の間の隙間が、空いた。

よく見えるようになったが、向こうからもこちらが見えるのではないかと気が気ではない。

——それに、斬るべきものって、なによ⁉

義宗帝は手にした夜着を広げ、妃嬪たちひとりひとりの肩にかけていく。

「これは……どういうことですの？」

賢妃が義宗帝に尋ねる。

「裸のままのほうがいいのなら、着なくてもよい。だが、私は、人は、身につける布が少なくなるにつれ尊厳を失うように感じている。特に片方が着衣で、片方がそうではないのは、居心地が悪い。不要な辱めを与えたいわけではない」

賢妃以外の三人が、羽織らされた夜着に腕を通した。

「好きなところ……でしたら、ここがいいですわ。陛下の腕のなかが」

しかし賢妃は夜着を滑り落とし、進みでて、義宗帝にしなだれかかろうとする。義宗帝はその身体を押しのけ、

「私の腕のなかなど、好きではないだろう。そなたたちは私をゆっくりと弱らせて殺す算段をしていたのに、馬鹿げた嘘をつくな」

と冷たく言い放つ。

途端に、妃嬪たちの動きが止まった。

「そなたたちの甘い匂い。後宮で、そなたたちしか香らせていない独特の匂いだが——それは、今半魂香というのだそうだな。後宮のなかで噂を聞きつけて買いたがる妃嬪がいても、そなたたち以外には、一度きりしか与えない商品だと聞いている」

「希少な品ですから、大事な人にしか売っていませんし、大切に使っておりますの。陛下にお会いする夜にだけ、私は、この香に包まれて参ります。お気に召さない香りでしょうか？」

賢妃は堂々としている。

「ああ。私はこの香りが嫌いだ。最初からずっと嫌いだった。だが、そなたたちにとって必要なものなのかもしれないと思い、使うことを許した。もう一度、聞く。自ら告白する者には少しばかりの恩情を与えよう。そなたたちは共謀し、今半魂香を使って、私を殺そ

うとしたな?」

「……はい」

と応じたのは、瑞麗と春礼だった。ふたりの声が重なった。

「いえ」

と即答したのは賢妃と充媛である。

「瑞麗と春礼はそのまま外へ出ることを許す。宦官が廊下にいる。そなたらが自らの身体と心を犠牲にしてまで私を謀ろうとするほどに、私を憎む気持ちの強さ——しかと受け止める」

さっと片手を振ると、瑞麗と春礼はうなだれて、のろのろと扉を開け廊下に出た。ふたりが出ていった瞬間、廊下と部屋のなかの空気が混ざりあう。甘い香りが外に流れでる。そしてまた扉が閉まる。

沈黙が落ちる。

誰もなにも言わない。

小さく息を吐き、義宗帝が口を開く。

「充媛は私より先に今半魂香に殺されるに違いない。そもそもの体力がないし、心がもとから弱いのに、無理をする。そなたが私との伽のあいだじゅう、なにを見ていたのかを私は知っている。今半魂香で幻を得て、別れた恋人とむつみ合う夢を見ていたのだろう?

違う男の名前で呼ばれ、恋しいと泣くそなたを、私は何度も慰めた」

「…………っ」

充媛が息を呑んだ。

「ここでの出来事はすべて隣室で宦官が記録を残している。そなたの恋人が亡くなってい て、もとは皓皓党に属していたことも、そなたが私を憎んでいることも、みんなが知って いる。充媛は、正直で素直だ。他の者は私のなかに誰の幻を重ねていても、口にするまで はいかなかったのに、そなただけはなにもかもを話してしまっていた。充媛はもう現実と 幻覚の境目が曖昧になっているのだろう。おそらく、そなたは、他の誰よりも、今半魂香 を焚きすぎたのだ」

充媛ががたがたと震え、がくりとその場に膝をついてくずおれた。

「隠し事のできないその資質、私には、好ましかった。そなた自身が皓皓党に関わってはいなくても、見過ごすことはできない。証拠たるべきものは記録されている。自白を待つ必要もない。外に出ることを許す」

義宗帝は椅子から立ち上がり、充媛を抱きあげると、そのまま扉の外に運びだした。

また空気が入れ替わる。部屋のなかの甘い香りが少しだけ薄れる。扉が閉じ、義宗帝は 椅子に戻り、ひとり残った賢妃に向き合う。

「まだ、認めないか？ 調べはついている」

賢妃はほうっと嘆息し、弱々しい声で訴える。

「……たしかに私は今半魂香を調合し、売りました。でも、あれは恋しい人の幻を見るための香なのです。苦痛を和らげる香でもあります。怖れながら、私は、後宮に来る前には恋人のいる身でございました。秀英というその男と別れ、後宮に嫁いで参りました。それに不服は申しませんが、かつての恋人を思い返したい夜もございました。もう二度と会えない人に、幻でもいいから会いたいと願いました。そのために調合した香です。危ないものだと知っていたら、私自身が使おうとなんてしませんでしたよ。もちろん、陛下を弱らせる意図はございませんでした」

「証人なら、いる。そなたのところの宦官の呈和だ」

「……っ」

「夜に光る特別な塗料で徳妃の似姿を描き、後宮のあちこちに仕掛けてまわったのは賢妃だ。呈和があれを仕掛け、取り込んでいた。私は似姿を木から外して持ち帰ろうとした呈和を捕まえ、誰の命でそんなことをしているかを問うた。あれはためらうことなくそなたの名を教えてくれたよ？」

棚の奥で聞いている翠蘭は、声をあげそうになった。

——皇后さまじゃなかったの？

「賢妃は、絵も上手いのだな。あの似姿は徳妃の特徴をよくとらえていた。ところで、呈和は、そなたがなんのためにそんなことをしているかは、知らないと言っていた。命じられたからやっているのだと話してくれた」

「……………」

「そなたのやってきたことは大罪だ。皇后がそなたを取り調べることになるだろう」

観念したのだろうか。

引き絞るような声で、賢妃が語りだした。

「なんのためにって……決まっているじゃないですか。後宮という檻を壊すためです。陛下が死ねば、陛下のもとに集った妃嬪はみな、外に出られる。この後宮で、陛下の死を願わない妃嬪は皇后だけだと、陛下自身がよくわかっていらっしゃるのに。どうして理由を問うのです?」

「もしかしたら違う答えが得られるのではないかと、少しだけ、夢を見た。許せ。私はそなたのことを、そなたが思っている以上に、気に入っているのだよ。とても賢く、美しい妃嬪のひとりだ。そなたほどの賢い女が、自らの身体と心を蝕む毒を取り込んでまで、私を殺したいと願うほどのなにが後宮の外にあるのか教えてくれるか」

「自由が」

賢妃が、そう答えた。

「自由か。それは皇帝である私がいまだ得たことのないものだ。欲しがることのできるそなたが羨ましい」

　義宗帝が思わずというように笑って応じた。

　身体を縮めて隠れてふたりの様子を眺めていた翠蘭は、義宗帝の涼やかな笑い声に目を閉じる。ここで笑いながら、そんな皮肉な言葉を投げ返すのか。

　翠蘭の胸の奥がちりちりと痛んだのは、これが義宗帝の本心の言葉だと理解しているからだった。

　と――。

　禍々(まがまが)しい気配を察知し、翠蘭のうぶ毛が立ち上がる。

　四度目ともなると、この気配がなんなのかをさすがに把握している。

　――幽鬼だ。

　戸の隙間から部屋を覗く。賢妃の背中と、その対面の椅子に座る義宗帝が見える。

　風もないのに燭台の火が音をさせてひとまわり大きくのびあがる。炎に照らされて、賢妃の影が壁に映しだされ、揺らめいた。

　賢妃の背後で靄がかった灰色の塊が見る間に人の姿に変じていく。

　膨れあがる幽鬼の影は、壁に映らない。

　甲冑を身につけた男の幽鬼が、翠蘭に背を向け、賢妃に覆い被さっていく。

「危ないっ」

思わず声が出た。

雪英はあの幽鬼に襲われて、倒れ、熱を出した。賢妃は、今半魂香を使い続け、身体と心を痛めつけている。幽鬼に触れさせてはいけない。

どうすべきかを考える余裕もなく、翠蘭は気づけば、棚の戸を肩で押し開けていた。まろびでて、神剣を構え幽鬼に追いすがる。

賢妃が振り返り、驚いた顔で翠蘭を見て悲鳴をあげた。

目を見開き脅えた顔で身をすくませた賢妃の腕を摑み、引き寄せる。賢妃と翠蘭の肌が触れ、ちりっと軽く弾かれたような痛みが走り抜けた。

何度も悲鳴を上げる彼女の身体を巻き込んで反転し、賢妃と幽鬼のあいだに自分の身体を割り入れる。

幽鬼が翠蘭の身体をすり抜ける。

通り過ぎていく瞬間、内臓がぶわっと冷えていくような不気味な感触がした。

そのとき、翠蘭が半抱きにして遠ざけた賢妃が、

「あ」

と声をあげる。

賢妃の視線は、行き過ぎる幽鬼の横顔を追いかけて、動く。翠蘭が見ているのと同じものが、賢妃にも見えているようだ。

「秀英……どうしてあなたがここに？」

小さな声が唇から零れ落ちる。

――秀英？

それは髭があって、強そうだったという、賢妃のかつての恋人の名前だ。

しかし問いかける余裕が翠蘭にはない。賢妃を押しのけ、翠蘭は幽鬼の背中めがけて跳んだ。

「やめて。昭儀――斬らないでっ」

賢妃の声が響いた。

幽鬼は義宗帝に剣を振りかざす。椅子に座る義宗帝は幽鬼ではなく、賢妃と翠蘭を見ている。翠蘭は、幽鬼の背中の甲冑の継ぎ目に神剣を差し込んだ。生きている相手なら、ここを狙う。他は甲冑にはじき返されるが、継ぎ目は弱く、刃で胴体を貫くことができる。

いままでの二回とも幽鬼を斬ることはできなかったが――。

――今回も、手応えは、ない。

幽鬼の剣が義宗帝の頭に振り下ろされる。

賢妃がよろよろと幽鬼のもとに歩いていく。小さな足で、小刻みな歩幅で、追いすがって手をのばす。

「秀英……？　私を助けに……？」

義宗帝は微動だにせず、まっすぐに賢妃を見つめている。

幽鬼は賢妃に名を呼ばれても振り返らない。殺気を迸らせて、義宗帝に斬りつけ——義宗帝の身体に傷ひとつつけることなく——今回もまた幽鬼は、いままでと同じにゆっくりとその輪郭を解いて霧散する。

義宗帝がさっと手を掲げる。

刹那、部屋にある蠟燭の炎が一斉に大きく揺らめき——ふっと消えた。

義宗帝の顔が墨を落としたかのように暗くなる。

その瞬間、翠蘭の視界のなかで、義宗帝の姿が、本来の輪郭を越えてぶわりと大きく広がっていくような錯覚を覚えた。

翠蘭は慄然（りつぜん）として、息を吞む。

彼の背後に、脈々と長く続いてきたこれまでの龍たちの姿が重なって見えたような気がしたのだ。幾重にも連なった龍たちは、鋭い爪と、尖った牙を見せ、うねるように蠢いてからするりと全身の形を解いて天井へとのぼっていく。

その龍の口が、甲冑の幽鬼の姿をとらえ、くわえている。

咀嚼して、飲み込んで、光の渦になって舞い上がり、形をなくした。

——これは、なに？

問おうとしたら、義宗帝が、まっすぐに翠蘭を凝視した。

その途端、翠蘭は、見えない刃で足を床に縫い止められたかのように、そこから動けなくなる。聞こうとした声が喉に貼りつく。

賢妃には翠蘭が見たものは見えないらしい。その場に崩れ落ち、両手で口元を覆い「どうして……秀英……これは……今半魂香の見せる幻よね……」と空を見つめている。

もうそこに幽鬼はいない。

あるのは闇だけだ。

肘掛けにもたれ、義宗帝が、いつもと変わらぬ言い方で翠蘭に聞いた。

「昭儀、話すことを許す。幽鬼を見たか？　そして斬ったか？」

はっと息を吸う。

試すように喉を鳴らす。声が、出る。

「見ました。でも斬れませんでした」

「幽鬼はなにをしようとしていた？　見たままを答えよ」

「陛下に刃を向けました」

「前もそうだったと昭儀は言ったな。殺気がして、幽鬼が現れ、私に斬りかかるのだと」

「はい」

「そうか。さて、賢妃――そなたは幽鬼を見たか？　そなたの知っている男であったか？」

彼女の白い裸体がうっすらと目に映る。

「あれは……幽鬼なのですか。ということは、私の秀英はもう死んでいるのですか？　そんな馬鹿な……だって後宮に来てしばらくはあの人は私に手紙をくれたのよ。他の女性と結婚するからという手紙が来たのは去年のことで……」

誰の顔も闇に閉ざされて、よく見えない。どんな表情なのかもわからない。

「さあ、私は知らぬ。私には見鬼の才はない。だが、そなたたちが見たというのなら、そういうことなのではないか？」

「そんなはずないわ。きっとこれもまた今半魂香の見せる幻……あの人は泉州で元気に幸福に暮らしているのよ……私の知らない誰かと結婚して、それで……」

賢妃はぼんやりとした声でそう言った。

「どうであっても……幽鬼は私を殺そうとした。何度も私を殺そうとしていたらしい。思うに、それは賢妃を自由にするためなのではないだろうか」

「私を？」

「私は秀英という男と会ったことがない。だとしたらその男が幽鬼となってまで私を殺したがる理由はふたつしかない。よほどの愛国の徒で、暗愚の私を殺したいと念じ続けていたのか——後宮に嫁いだ賢妃の自由を念じて私を殺したいかのどちらかだ。どちらの理由を選んでもかまわない」

悲しいかな、と義宗帝はゆっくりと立ち上がる。

「悲しいかな、幽鬼は私を殺せない。それに、私は、幽鬼にも、妃嬪たちにも、まだ殺されるわけにはいかない。後宮において――いや、私にとってはかもしれないが――死は、許しだ。だから、賢妃には死を与えられぬ。四名の妃嬪のなかで、そなたの罪がいちばん重い。死罪ではなく、そなたには冷宮送りを申しつける。外に出ることを許す。扉の外で、宦官がそなたを待っている」

労る言い方で、義宗帝が賢妃に刑を言い渡す。

その言葉を聞いた途端、翠蘭の鼻の奥がつんとして痛む。涙が零れかけたが、奥歯を食いしばって我慢する。翠蘭が泣いたところで事態はなにも変わらない。

彼女は義宗帝を殺そうとした。

だから義宗帝が彼女に刑を言い渡す。

それが後宮の秩序だ。

「――昭儀、賢妃を見送っておやり」

翠蘭は、義宗帝の命令を拒絶することができない。翠蘭は暗がりのなかで賢妃に近づいて、彼女を抱き起こす。

翠蘭は賢妃のことが好きだった。賢くて、有能で、なんでもできる美しい女性。

賢妃の髪からは甘く爛れた匂いがしていた。

＊

秀英と賢妃が出会ったのは、ずっと前だ。

ずっと——ずっと前の——故郷の店先でふたりは出会った。

そのときはまだ賢妃は、ただの惜音で——店の奥で座り、日がな一日、みんなの商いを黙って観察し過ごしていた。

秀英はいかつい顔に髭を生やした強そうな男で、いつも手足に泥汚れをつけて、たいして金もないのにひっきりなしに通って、ささやかな品を買っていった。

彼の存在に気づいたのは、じっと見つめられるそのまなざしの熱さゆえだ。

視線とは、熱を持つことがあるのだと、はじめて知った。最初は怪訝(けげん)に感じ、次に少し疎(うと)ましく思い、だんだん怖くなった後で——見つめられるのが心地よくなった。

——あの奥の綺麗なお嬢さんの髪に挿(さ)した花が見たい。

秀英はある日、店先で賢妃を指さし、そう言った。

——蠟梅(ろうばい)だった。

黄色い花がふっくらと咲いた、香り高い花の枝を結い上げた髪に飾ったのは気まぐれだ。

花瓶に飾った蠟梅のひと枝が、なんの加減か折れてしまったのだ。そのまま捨てるのもしのびなく、髪に挿した。

いつもなら生花を髪に挿したりしない。きらびやかな装飾品を身につけて、ちんまりと奥におさまっている。使用人たちは秀英に言われた言葉に目を泳がせ、惜音を振り返り「あれは売り物じゃあないんですよ」と、そっけなくあしらった。

——途端に、叱られた犬みたいにしょんぼりとした顔になって。

下がった尻尾や、しおれた耳が目に見えるような気がして、惜音は秀英に同情したのだ。きっと「あの花ならば自分にも買えるかもしれない」と願いを込めて口にしたのだろうと、わかったから。

それで惜音は、立ち上がったのだ。纏足の、よちよちとおぼつかない足どりで、秀英の側へと歩いていった。秀英は目を見張り、惜音の足と、顔とを何度も見比べた。

秀英の側に近づいて、蠟梅を髪から抜き「差しあげるわ」と言った。「売り物じゃあないから、お代はいらない」と言い添えた。高飛車に、投げつけるみたいにしてそう言ったのに。

——かわいそうに。その足は痛いんだろう。歩かせて悪かったな。

秀英は、うっすらと涙を滲ませて、つぶやいた。

たぶん秀英は、纏足がどういうものかをきちんと知らなかったのだ。裕福な家や高貴な家の娘しか纏足にはしない。纏足の女の歩く姿を間近で見て、貧しい暮らししか知らなかった秀英は動揺したのだ。

いろいろな気持ちが秀英の目の奥に流れていくのが見えた。

——取りにいけなくて、ごめんな。ありがとう。

そう続けて、蠟梅を両手で受け取った。高貴な誰かから賜った宝を捧げ持つかのようにして大事に持って、もう一度「ありがとう。大事にする」とそうつぶやいた。

祈るような言い方だった。

なにもかもすべてを覚えている。「その足は痛いんだろう」と、惜音に聞いた者はそれまでいなかったから。「歩かせて悪かったな」と言った者も。「ごめんな」という謝罪も。

惜音はその後、やり取りを、何度もそらんじて、思い返した。

ただの憐憫ならば惜音は秀英を見下して冷笑しただろう。けれどそこには憧憬があった。懇願もあった。男として女を見る欲望もあった。いやらしいものも、美しいものも、慈しむ心も、驚きも、衝動もなにもかもがぎゅっとひとつに丸め込まれた「かわいそう」と「悪かった」と「ありがとう」を渡されて——惜音の胸は揺すぶられたのである。

——複雑で、猥雑で、甘い味がしたのよ。

ずっと自分を見つめ続けてきた秀英という男を、そのとき、賢妃はやっと真っ正面から見返したのだ。見られるだけの立場から、見る立場へと変化して——どうしてかそのまま賢妃は秀英に惹かれていった。

たぶん惜音は誰か他人に、かわいそうと言われたかったのだろう。悪かったなと言われたかったのだろう。ごめんという謝罪と、ありがとうという感謝を、誰かに言われたかったのだろう。

なにに対してと聞かれたら――すべてにと、そう答える。それまでの惜音が過ごしてきた時間と、努力と、生き方と、生身の彼女の形と心のすべてをまっすぐに見て、全部の感情と言葉を与えられたかったのだろう。

他人から。

――それで、私は恋に落ちたのだ。

陳腐なものだと、思う。

しかし、陳腐であろうが、かまわなかった。誰のために恋をするのでもなく、この恋だけは惜音が自分自身のためだけにそっと抱え込んだものなのだから。

その後も秀英は店に来た。それからはなにかにつけ目が合うようになった。秀英は金を貯めて、必要でもない装飾品や、必要かもしれないが緊急ではない薬に、贅沢なお茶を買い求め――少しずつかわす言葉の数が増え――たまに美しい花を渡されて――。

それだけだった。

後宮に嫁ぐ前、秀英は、「逃げようか」とそう言った。小さな声で、耳元で「さらっていくこともできる」と。

――そんなこと望んでないわって、私は、咄嗟に言い返して。

それが最後だった。

冷宮送りになった賢妃のもとを、ある夜、呈和が訪れた。

しとしとと雨が降る暗い夜だった。

「賢妃さま、お久しぶりです。他の妃嬪の皆様は、絹の布の恩情を得ました。それを教えてくるようにと皇后さまから申しつけられました」

柵のついた窓の向こうから顔を覗かせ、呈和が細い子どもの声で教えてくれた。

絹の布を渡され、それで自死するのだ。いちばん綺麗で苦しまない死に方であると言われている。

「皇后さまは、賢妃さまに、どうして徳妃さまの似姿を飾ったのかを教えて欲しいとおっしゃっておられます。あれはどうして？　もちろんただで教えてくれとは言いません。見返りに賢妃さまが欲しいものを差し入れると、そうおっしゃっておられました」

「そう……」

冷宮は剥きだしの石作りの堅牢な宮で、柔らかいものがない。寝るときは床に直に寝る。座るための椅子もない。

湿った空気がむわりと立ち上がり、昼はひどく蒸し暑い。それでいて夜更けから明け方は石の床が冷たくて手足が強ばる。

「徳妃さまの処遇には後宮のみんなは同情していたわ。それに明日は我が身だと脅えてもいた。だから、徳妃さまに幽鬼になってもらったの。幽鬼は、死なないとなれないものでしょう？　徳妃さまの幽鬼が後宮に現れたら、彼女は夏往国で不幸なまま死んだんだとみんなが思う。それで、私たちはみんなもっと不安になる」

「不安にさせたかったのですか？」

「そうよ。幽鬼のなかに〝なにを〟見いだすかは、見る者の気持ち次第。好きな人の幽鬼なら懐かしく、愛おしい。禍々しい姿を見たら、当たり前だけれど、怖い。判断できないものを見たときも、怖いわね。徳妃さまの幽鬼が私たちになにを見せるかは、たやすく想像ができるわ。恐怖と不安よ。そして思うの。〝この後宮は呪われている〟って。〝ここにいると不幸になるわ〟って」

「よく……わかりません」

呈和が首を傾げる。

「そう？　あなたは後宮に満足しているからだわ」

「はい。ですが、そうじゃなくて……どうして幽鬼を作りだしてまで、みんなを不安にさせたかったのかがわからなくて」

「私たちは今半魂香を髪に焚きしめ、煙管で吸い込んで唇や舌にまでその煙を蓄えて、武器など持ち込めない乾清宮の寝殿に、我が身を武器として通いはじめた。よほどの不安と不満を抱えなければ、そんな自暴自棄な計画を一緒にやってくれないわ。心から陛下を憎んでいるか、どうしても後宮の外に出たい女しか、我が身を犠牲にして正気を失ってまで陛下を殺そうとしない。だいたい、私の計画では、陛下は、少しずつ弱って、苦しんで、身体も心も病んでいくはずだった」

でも……と賢妃は唇を噛みしめる。

「陛下は、私たちよりずっと手強くて——一向に弱っていきそうになかったの。今半魂香は人の心を蝕んで、最後には、あの香欲しさにおかしくなっていくほどの強い作用をもたらすはずなのに……。私の計画では、陛下は、私たちの傀儡になるはずだったのよ？　だって、私たちは四人いた。陛下はひとり。陛下のほうがあの匂いにとりこまれる回数が多いのよ？　だというのに、心が壊れていくのは、私たちのほうが早かった。特に充媛さまが」

「充媛さまはもとから心が弱い人でしたから」

「そうね。充媛さまが陛下より先に壊れるのが見えてしまった。だから私は、今半魂香を広く流布した。希少な品なので、一度だけしか売れませんと伝えて、後宮の外にいる亡くなった大切な人の幻を妃嬪たちに見せたわ。それから、徳妃の幽鬼を作りだした。徳妃さまの姿に不安がる妃嬪のなかには、自分を犠牲にしても陛下を殺したいと思える人がいるはずだから。その妃嬪も仲間にしようと思ったの」

「なんだか……わかりませんね」

「わからなくても別にいいわ」

「奴才にはわかりかねます。皇后さまは、賢妃さまはただゆっくりとした自死を選んだのだろうとおっしゃっておられました。夢を見ながら、しかも、ひとりきりで死ねない、弱い女だったのだろうと」

　賢妃は答えない。

「皇后さまは、こうもおっしゃっていました。賢妃さまは後宮のなかで強く生きていける能力を持っていたのに、弱々しい夢と幻を選んで死んでいく道を進んだ。それがとても残念だ。でも、自分にはできない選択だから、少し羨ましい、と」

「羨ましい？　馬鹿な話」

「皇后さまは、慈悲深いお方です。質問の答えをいただいたので、欲しいものがあるならおっしゃってください。お届けします」

　呈和が続ける。

「そうね。でしたら……私の故郷にいる秀英という男が、いま、生きているのか、死んでいるのかを教えて。すぐにわかることじゃあないでしょうけれど」

　投げやりに告げると呈和が即答する。

「ああ、存じております。陛下が賢妃さまが冷宮送りになってすぐに賢妃さまの故郷に人をやって調べさせました。幸いなことに何度か後宮に手紙を送ってきてくださっていたので、すぐにわかりました。昨年、亡くなられておりましたよ。病に倒れ、床に伏して、あっというまに儚（はかな）くなったということです」

「そう……結婚してすぐに亡くなったのね」

「いえ。彼は生涯、ひとりでしたよ」

「え……？　結婚は？　していないの？」

「はい」

賢妃の心臓がとくんと鳴った。

「そう……。ありがとう」

「いえ。いまの答えは、陛下から、もし問われたら応じよという伝言でしたので……あともうひとつ、皇后さまのぶんが残っております。なにかお望みのものがあれば」

「でしたら今半魂香を」

賢妃が応じ、

「はい。皇后さまはもしかしたら賢妃さまがそう言うかもしれないと、奴才にそれを持たせました。さすが皇后さまですね。どうぞ。今半魂香と煙管に火種も入っております」

呈和が包みを柵の隙間から部屋のなかに押し込む。

「火の始末にだけは、お気をつけくださいますように」

最後にそう告げ、呈和は冷宮を後にした。

残された賢妃は冷たい床に座り、苦笑する。

「皇后さま、言ってくれるわね。でも、当たってるのかもね」

賢妃は渡された包みを開ける。煙管と今半魂香を刻んだものだ。練り香も入っている。

煙管のなかに慣れた動作で刻んだものを詰め、火を点ける。

ぷかり。

口に咥えて、煙を吸い込む。

しばらくそうやって煙管をふかしていると、煙のなかに愛おしい男が立ち上がった。髭面の、大きな身体の、愛おしくて不器用な恋人だ。姿を現した秀英が、賢妃を抱きしめる。

——これは、幻。

「ねぇ、死んでしまったのね、秀英。結婚するっていうのは、あなたの優しい嘘だったのね。自分が死んでしまったら私にもう二度と手紙を書けないから。嘘をついたところで、私には、あなたの嘘をあばくことはできないんですものね」

胸が痛い。誰かに強く握り込まれたみたいに、ひどく、痛い。

——優しくて、残酷な嘘をついたわね。

「幽鬼になってまで私を追いかけて、義宗帝を殺して、私をさらって逃げようとしてくれたの？」

じゃあ、それだけでもういいわ。

「この後の冷宮での日々、私は、今半魂香を吸って、焚いて、あなたの幻影と暮らす。幽鬼のあなたはきっと死んだあとの私をさらって逃げていってくれるわね。もうそれでいい」

雨音に紛れる賢妃の独白を聞く者は誰もいなかった。

終章

　御花園の向日葵がすべて枯れ、宦官たちが新しく秋桜（コスモス）をそこに植え替えた。

　幽鬼騒ぎも一旦落ち着き、夏往国から徳妃の無事の出産を寿（ことほ）ぐ報せが届いた晩夏であった。

　翠蘭は、義宗帝に誘われて、皇后の庭でお茶をふるまわれている。対面に座っているのが皇后で、その隣には義宗帝。控えているのは水晶宮の宮女たちと義宗帝の毒味係たちという、とても居心地の悪いお茶会であった。

「早産だったけれど母子共に健康だということよ。見目麗しい内親王が産まれたとのこと、陛下におかれましては、まことにおめでとうございます」

　皇后がきらびやかな笑顔で義宗帝にお茶を勧める。

「うむ」

　うなずいた義宗帝の背後から毒味係が手をのばし、茶器を持つ。最初の毒味係は宦官だ。口をつけて飲んで、隣に立つ宮女の毒味係にまわす。ふたりが飲んでから茶器を卓に戻すが、まだ義宗帝は飲めないでいる。

毒によっては遅効性のものもある。しばらく待って、倒れないのを見極めてから義宗帝が口をつけることになっているらしい。

義宗帝が口をつけていないのに、翠蘭が先にお茶を飲むわけにもいかない。黙り込んでじっと自分の茶器を見つめていたら、皇后が翠蘭に顔を向けて、言った。

「あなたには毒味はついていないのね。でも、私は昭儀に毒なんて盛らないわ。そんな小細工をしなくても、ひと言、〝死んで〟って私が命じたら、あなたは死ぬしかないのですもの。だから、安心してお飲みになって」

まったく安心できない物騒な言葉に翠蘭の頬が引き攣る。

「はい。ありがたく、いただきます」

茶器に口をつけ、ひと口、飲み込む。たぶんとても高価なお茶なのだろうが、緊張感が凄まじく、まったく味がしない。

——どうして私はここに呼ばれた？

この人選は、いったいなんなのだ……。

「そういえば賢妃はかわいそうだったわね。冷宮に、今半魂香を持ち込んでいたんですってね。きちんと身体を調べて冷宮に送ればよかったのに……」

皇后が痛ましげに目を伏せる。

賢妃は――冷宮に送られて二十日後に、亡くなった。異常を察し、宦官が冷宮の鍵を開け室内をあらためたときには、すでに冷たくなっていたとのことだ。

死因は今半魂香の過剰摂取によるものだとか。弱った身体で受け止められないくらいに一度に過剰に摂取したため、意識を失い、助ける者がいないのでそのまま絶命したと見られている。

義宗帝はなんの感情も読み取れない綺麗な笑顔で、皇后を見返した。

――妃嬪の死を、この人たちは笑って話す。

どろりとしたものが胸の内側に溜まるが、吐きだすことはできない。仕方ないから翠蘭は茶碗を手にし、口をつける。

「皇后に伝えたいことがある。先ほどの話だが」

義宗帝がゆっくりと首を片側に傾げ、そう言った。

「昭儀、翠蘭は妃嬪のひとりにして、我が剣である。昭儀を傷つけることは、そなたであっても許すことはできぬ。今日はそなたにその話をしに来たのだ」

皇后の目が見開かれ、不審そうに翠蘭と義宗帝を見比べた。

「なぜです?」

「重ねて言う。彼女は巫の才を持つ」

「陛下がそう言い張っているのは聞いているけれど……私が見たところ彼女にはなんの力

もないわ。それに、幽鬼を見ることのできる者なら宦官のなかにも何人かはいるようよ？なぜ彼女だけを巫の才ありと認めるのかしら。納得できない」

「見鬼の才がある者は、何人かいる。だが、誰も、昭儀の才には至っておらぬ。昭儀はたしかな異形を見る。昭儀の描いた似姿がその証明だ。あのような禍々しい姿を見ることができたものは、いままで、いなかった」

「……んぐっ」

翠蘭は茶を飲み込めず、むせてしまった。

義宗帝はいったいなにを言いだしたのだ。

「昭儀は華封に伝わる我が神剣の持ち主にふさわしい。そして、幽鬼を見る巫の才を持つ者と龍の末裔が交わることで、龍の力が昭儀の腹に宿れば、皇后の国が長く求め続けていたものが得られるかもしれない。これは皇帝としての私の命ではなく——夏往国の願いに通じる」

「なるほど。昭儀との子ならば、夏往国が求めていた力が得られるかもしれない、と？」

「可能性の問題だ。私は夏往国に、昭儀を守ることを許す。力にしろ、才にしろ、あることを証明するよりも、ないことを証明するほうが難しい。万が一、昭儀を殺してしまったら、夏往国は〝もしかしたら得られたかもしれない力を、みすみす手放してしまったことを〟悔やむことになるだろう」

「可能性の問題……そうね。その通り」

「そうだ。だから——皇后と夏往国は昭儀を傷つけてはならぬ。絶対に」

義宗帝が茶碗に手を差しのべる。毒味たちはそれを止めない。

義宗帝は茶碗に口をつけて、

「良い香りだ」

と、薄く笑った。


皇后とのお茶会からの帰り道——翠蘭は義宗帝の先を歩きながら、ぶつぶつと文句を言った。文句というより、ぼやきかもしれない。

「このためにわざわざ、私の描いた似姿をさらしてまわしたんですか？」

「ああ。あの時点ではどうなるかは不明だったが、それでも、やれる手はずは先に整えておくようにしている。私は皇帝なのでな。それに——あれは実に良い絵であった」

本当だろうか？

疑わしいが聞けない。なんとなく似姿をまわしたあとで、うまい使い道を見つけて、言いつくろったのかもしれない。

ただし義宗帝が、翠蘭を守ろうとしていることだけは、揺らがない。

「毒味……何人もいるんですね。遅効性の毒もあるから時間を置くもんなんですね。これからはうちの宮でもそうしますか？」

「しなくてもよい。私は龍の末裔である」

——そうね。

義宗帝は、龍の末裔なのだと思う。普通の感情を持っていない。当たり前の言葉が通じない。もってまわった言い回しを含めて、理解しがたい。

彼は翠蘭のような単純な人間の真逆のところに存在している。

水月宮で明明の作った菓子を頬張って微笑んでいる姿も、乾清宮で妃嬪たちに冷たい顔で不吉な白い夜着をはおらせる姿も——どちらも義宗帝の真の姿だ。

——その両方の姿を見てしまったから。

翠蘭は陛下を放っておけなくなっている。

「末裔であっても、剣が刺さったら死ぬし、毒を飲んでも死ぬんですよね？」

「昭儀にだけ特別に教えよう。私も、死ぬ」

「はぁ……」

「ただし毒には強い。即効性のある毒なら間に合わない場合も起こり得るが、遅効性のものはたぶん私の身体のなかで勝手に浄化されている。今半魂香もきっと自然と浄化され効果が半減していたはずだ。だが、人にはこの体質を伝えていない」

「そうですか。それって体質の問題ですか？」

困惑するしかない。

「前に言ったが、私は、十五歳のときに人相見に〝あなたはいつか得難い剣を手に入れる。そこからはじめてあなた自身の人生がはじまる〟と運命を告げられた。そなたにこの話を語ったとき、太監も側にいてこの言葉を聞いたはずだが……」

その太監は、いまはいない。

昼の後宮を翠蘭と義宗帝はふたりきりで歩いている。

「人相見の言葉には、続きがある。〝ひとつの国を滅ぼし、ひとつの国を救う。あなたの剣はあなたを救うが、最後にあなたを貫くのも、また、その剣だ〟。それが私に託された運命だと、人相見はそう言っていた」

「え……？」

翠蘭は思わず振り返った。

義宗帝は平然と、いつものように綺麗な顔で微笑んでいる。

――あなたはいつか得難い剣を手に入れる。

そこからはじめてあなた自身の人生がはじまる。

ひとつの国を滅ぼし、ひとつの国を救う。

あなたの剣はあなたを救うが、最後にあなたを貫くのも、また、その剣だ――

「貫く剣って、なんですか？　私が陛下を……っていう意味ですか？」

　おそるおそる尋ねた。

「案ずるな」

「案じますけど？」

「もしもそなたが正しく我が剣で、これが正しく私の運命ならば、そうなるかもしれないな。だが、所詮は通りすがりの人相見の戯れ言だ。案ずるな」

　義宗帝は今日一番の晴れやかな笑みを顔いっぱいに浮かべてそう言う。

　その微笑みが――言い方が――翠蘭の胸を尖った爪でぎゅっと引っ掻いた。

　自分の命も他人の命も等しく「どうでもいい」ことのように語る。ときどき零れる彼のその心の渇きが、翠蘭をやるせなくさせる。どんな生き方をしてきたら、こんな性格になるのだろう。

　だから、思わず翠蘭は言い返していた。

「案じてくださいっ‼　私は陛下を貫く剣なんて持ちません。正しい運命ってなんですか？　運命なんてどうでもいい」

　彼の前に示された正しい運命という道はたぶん血塗られているのだと、そう思う。ここに至るまでの彼の道もきっとろくでもない道だったに違いない。

「だいいち、あなたが正しくなかったとしても、私はあなたを貫かない。ぶん殴るかもしれませんが、剣で貫いたりしません。だからそういう言い方はしないでください」

一気に告げたら、嗚咽が漏れた。

賢妃に刑を言い渡した義宗帝を見ていたときからずっと翠蘭の内側に溜まっていた涙が、いまになってぽたぽたと溢れ、頬を伝って、顎に滑り落ちていく。

――ずっと我慢していたのに、陛下が透き通った目でそんなことを言い放つから。

「どうして泣く？」

「陛下が普通の顔をして、おかしなことを言うからです。私はあなたを貫かないっていま言わないと、あなたはどうなってもそれが正しい運命だって言いだしそう。でもそんなのちっとも正しくない」

後宮のすべてが正しくなくて理不尽だ。どうして賢妃たちは死ななければならなかったのか。後宮に閉じ込められて自由を奪われたのは、義宗帝も、妃嬪たちも同じだ。同じだというのに、互いに労りあって過ごすこともできず、片方が、片方の命を奪う。みっともなく泣いて鼻と目とを両手でごしごしと擦る。力いっぱい擦りすぎて、鼻だけじゃなく顔全部が痛くなる。

「昭儀はまっすぐだ。それがそなたの正しさなのだな」

義宗帝が翠蘭の顔を覗き込む。

「陛下が曲がりすぎているだけです」

翠蘭は義宗帝を睨みつけた。

「昭儀は、美しいな」

と義宗帝が真顔でつぶやいた。

洟を垂らして泣きながら睨む顔をしげしげと見つめて、そんなことを言われても。

「我が剣を折らぬよう、その刃が濁らぬように私は心がけよう。それで許せ。もう泣くな。私はそなたが愛おしい。泣き顔を見るのは少しだけ胸が痛む」

義宗帝がそうささやいて翠蘭の涙を袖で拭う。

「もう泣いてません。袖が汚れる。やめてください。あと私の泣き顔見たら少しじゃなくたくさん胸を痛めてくださいっ」

言い返したら、義宗帝が、淡く笑った。

龍の手を突き放すことは許されない。

絶対にその運命には抗ってやるのだと心に決めて、翠蘭は、義宗帝のたおやかな指に涙を拭われたのだった。

主要参考文献

『東京夢華録—宋代の都市と生活』孟元老 著／入矢義高 梅原郁 訳注　東洋文庫

◆この作品はフィクションです。実在の人物、団体等には一切関係ありません。

◆本書は双葉文庫のために書き下ろされました。

双葉文庫

さ-48-02

後宮の男装妃、神剣を賜る

2022年7月17日　第1刷発行

【著者】
佐々木禎子

【発行者】
箕浦克史
【発行所】
株式会社双葉社
〒162-8540 東京都新宿区東五軒町3番28号
［電話］03-5261-4818（営業部）　03-5261-4833（編集部）
www.futabasha.co.jp（双葉社の書籍・コミックが買えます）
【印刷所】
中央精版印刷株式会社
【製本所】
中央精版印刷株式会社

【フォーマット・デザイン】
日下潤一

ISBN978-4-575-52586-1 C0193
Printed in Japan